L'HOMME QUI DÉCROCHA LA LUNE
*est le cent trente-deuxième livre
publié par Les éditions JCL inc.*

Données de catalogage avant publication (Canada)

Norris, Stanley Lloyd
    L'homme qui décrocha la lune
    ISBN 2-89431-132-X
    I. Titre.
PS8577.O629H65 1995   C843',54   C95-940976-9
PS9577.O629H65 1995
PQ3919.2.N67H65 1995

© **Les éditions JCL inc., 1995**
Édition originale: septembre 1995

L'homme qui décrocha la lune

ROMAN

Éditeur
LES ÉDITIONS JCL INC.
930, rue Jacques-Cartier Est
CHICOUTIMI (Québec)
Canada G7H 2A9
Téléphone: (418) 696-0536
Télécopieur: (418) 696-3132

Maquette de la couverture
ALEXANDRE LAROUCHE

Infographie
JUDITH BOUCHARD

Correction des épreuves
CLÉMENT MARTEL

Dépôts légaux
3ᵉ trimestre 1995
Bibliothèque nationale du Québec
Bibliothèque nationale du Canada

ISBN
2-89431-132-X

DISTRIBUTEURS EXCLUSIFS

Distributeur pour le Canada et les États-Unis
LES MESSAGERIES ADP
MONTRÉAL (Québec)
Téléphone: (514) 523-1182 ou 1 800 361-4806
Télécopieur: (514) 521-4434

Distributeur pour la France et les autres pays
HISTOIRE ET DOCUMENTS
CHENNEVIÈRES-SUR-MARNE
Téléphone: (1) 45 76 77 41
Télécopieur: (1) 45 93 34 70

Distributeur pour la Belgique et le Luxembourg
VANDER
BRUXELLES
Téléphone: (2) 762 98 04
Télécopieur: (2) 762 06 62

Distributeur pour la Suisse
TRANSAT S.A.
GENÈVE
Téléphone: 022/342 77 40
Télécopieur: 022/343 46 46

STANLEY LLOYD NORRIS

L'homme qui décrocha la lune

éditions

DU MÊME AUTEUR:

L'interdit
Roman, Montréal, Éditions Libre Expression, 1991.

La Pucelle
Roman, Montréal, Éditions Libre Expression, 1993.

Notre programme annuel de publications
est rendu possible grâce à l'aide
du **ministère des Communications,**
du **Conseil des Arts du Canada**
et du **ministère de la Culture**
et des Communications du Québec.

À Carlos et à Lobo,
mes chiens.

1

«Une nouvelle! Combien gages-tu?» demanda Michel Gagnon à son épouse alors qu'une BMW gris argent s'immobilisait devant sa porte.

Il vida rapidement sa tasse de café, se précipita sur son manteau et sortit.

Hélène jeta un coup d'œil par la baie vitrée. Ses lèvres se contractèrent en un cul-de-poule dédaigneux qui laissa tomber:

«Encore une catin! Veux-tu bien me dire où il va les chercher?»

D'un geste colérique et pudique à la fois, ses mains accrochèrent les pans de sa robe de chambre pour cacher sa gorge.

«Blonde, avec une grande bouche et de gros seins, juste comme les hommes les aiment, poursuivit-elle. Faut dire que Georges Maynard n'est pas regardant sur la marchandise!»

La BMW disparue, précédée par la Toyota de Michel, Hélène tourna les yeux vers l'intérieur. Elle but un peu de café, fixa la cloison de la cuisine et racla ses mâchoires d'un mouvement continu, broyant inlassablement son interminable ennui.

«Le pire maquereau de la ville! rumina-t-elle. S'il se cachait seulement! Mais, non! Il les change comme...»

Elle se rappela que, sous sa robe de chambre, elle ne portait rien et ne compléta pas la phrase. Mais elle revit la flamme qui avait jailli des yeux de Michel lorsque la BMW s'était arrêtée. Elle se souvint qu'il ne s'apercevait même plus de sa nudité lorsqu'elle se glissait près de lui, sous les draps. Ses cuisses s'entrouvrirent pour protester puis elles se refermèrent presque aussitôt, résignées. Michel les ignorait depuis si longtemps! Il s'endormait en parlant du marché de l'immeuble. Hélène médisait.

«Quel exemple pour les gens d'ici! À peine trente ans, notaire, bel homme, sûrement six pieds de haut, avec une démarche et des gestes si virils! Des mains grandes, épaisses et chaudes que tu aimerais sentir voyager sur ta peau et courir dans tes cheveux. Un visage tellement expressif, presque carré, avec un menton provoquant, énergique; le regard profond, aussi noir que ses cheveux. Une voix un peu grave mais veloutée et une bouche...»

Elle passa sa langue sur ses lèvres. Ses yeux s'embuèrent. Elle soupira:

«Ah! Je l'aurais croquée toute crue! Quand il rit, ça chante comme une petite chute, au printemps, quand tout dégèle et que l'eau dégringole des collines.»

Elle se donna le temps de déguster cette vision avant de reprendre:

«En plus de son charme personnel, il a tout hérité de son père: son étude à Roberval, sa clientèle, la grosse maison de Saint-Félicien qu'il partage avec sa mère. Je ne comprends pas comment la vie est faite ni à quoi rime la justice divine: il y en a qui ont ça tout cuit dans le bec tandis que d'autres tirent le diable par la queue; Michel, par exemple...»

Il roulait sur le boulevard de l'Anse, à la sortie de Roberval. Longeant le lac Saint-Jean, il se dirigeait vers Chambord, songeant:

«Ça fait trois chalets qu'il refuse. De belles bâtisses, pourtant. Mais, rien qu'en lui montrant la photo de celui que je l'amène voir en ce moment, je lui fais venir l'eau à la bouche. Je ne mettrais pas mes cochons là-dedans! Je suis prêt à reconnaître que la vue sur la rivière, avec sa bordure de conifères, vaut son pesant d'or. Si l'endroit lui plaît, il retapera la cabane ou la foutra par terre et se construira quelque chose de beau à la place. C'est pas les sous qui lui manquent! Mais sa poupée voudra-t-elle vivre dans un endroit aussi écarté?»

Il réfléchit, tirant fort sur sa cigarette, puis haussa les épaules.

«Avec un don Juan comme Georges Maynard, on ne peut jamais savoir. Elles ont beau ressembler à Marilyn Monroe, il ne les garde pas une saison.»

À l'entrée de Chambord, Michel tourna à droite, en direction de La Tuque. Il jeta un coup d'œil sur son rétroviseur pour s'assurer que la BMW suivait. Il en profita pour reluquer la compagne du notaire.

«Un morceau de roi, ma grande foi! Il ne prend jamais ses filles au Lac-Saint-Jean où, pourtant, c'est pas les jolies p'tites mères qui manquent! Il va les chercher à Québec; jamais plus près que Chicoutimi. Alors, quand il en a ras le bol, elles ne traînent pas dans le paysage.

Une bonne technique pour éviter les retombées acides qui suivent habituellement, une rupture!»

Un quart d'heure plus tard, il atteignit Saint-François-de-Sales, village d'à peine 850 âmes, situé entre Chambord et Lac-Bouchette. Juste en face de l'église, il tourna à droite, dévala une longue pente, longea un petit lac marécageux et s'engagea dans une forêt où, pêle-mêle, poussaient aulnes, peupliers, trembles, bouleaux, merisiers, mélèzes, épinettes, sapins... La route était bordée de framboisiers gorgés de poussière.

Huit kilomètres après avoir laissé l'église du village, il bifurqua à droite, dans une allée sinueuse au fond de laquelle se cachait un chalet vétuste. En descendant de voiture, il secoua la tête et murmura:

«Tout de même!»

Il tâta ses poches pour trouver la clé, tout en se disant:

«On sait bien qu'il n'y a rien de plus difficile que de soutirer une piastre à un riche! Je vais dépenser tout l'argent de ma commission à payer l'essence que ça me coûte pour lui montrer des chalets. J'ai pas hâte de voir la tête de sa blonde quand elle jettera un coup d'œil à l'intérieur!»

Peu de temps après, la BMW parut.

«Une vraie cabane de bûcheron!» confia Georges à sa compagne.

En guise de réponse, la femme s'enfonça davantage

dans le siège de la voiture. Le notaire lui demanda de le suivre après lui avoir recommandé:

«N'oublie surtout pas ce que j'ai dit!

— Je ne suis pas aussi idiote que tu le penses!» rétorqua-t-elle.

Elle afficha un sourire et glissa hors de la BMW une jambe longue chaussée d'une botte cavalière en cuir fauve. Une large ceinture sanglait sa taille mince d'où naissaient des hanches dessinées avec grâce. Michel cligna des yeux puis détourna le regard, de crainte de contrarier son client. Elle rejoignit le notaire et lui prit la main.

«Quelle vue! s'exclama Georges, tourné vers la rivière.

— Merveilleuse, mon chéri!» acquiesça-t-elle.

Le spectacle ne manquait pas de charme. Octobre 1985, peu avant huit heures. Des gouttelettes de rosée luisaient sur le dos des feuilles roussies au frimas des premières nuits froides. La surface de la rivière était presque entièrement recouverte de vapeur qui, en colonnes diaphanes, montait et se dispersait. Les arbres se reflétaient sur l'eau avec une telle netteté que l'on y voyait les aiguilles des conifères. En face de Georges, du côté opposé, un ruisseau large d'à peine deux mètres descendait en sautant sur des roches sombres puis allait grossir la rivière. Seules les trilles des mésanges troublaient le silence.

«Est-ce que le quai est assez solide? s'enquit Georges.

— Il est capable de supporter dix personnes, répondit l'agent immobilier.

— Viens!» dit le notaire à sa compagne.

Elle ne bougea pas. Il la tira légèrement par la main. Elle serra les doigts de l'homme avec colère et le suivit. Ils se rendirent jusqu'au bout du quai. Les planches défraîchies, grugées par l'humidité et le soleil, gondolaient. Deux cents mètres plus loin, à gauche, un pont en bois recouvert d'une peinture blanche et mate enjambait la rivière. Au-delà s'étendait un marécage où nageaient des canards sauvages. De temps en temps, l'un d'eux disparaissait en plongeant.

«Regarde les oiseaux! s'exclama la femme en voyant deux goélands qui avançaient dans un vol léger et lent à la fois. Un paysage adorable et le chalet n'a pas trop mauvaise mine du dehors. Avec un peu de peinture...

— Il sera plus beau verni, l'interrompit Georges.

— Mais ça demandera plus d'entretien.

— Je m'en occuperai pendant les vacances.»

Il se tourna vers le courtier qui se tenait à deux pas en arrière et lui demanda:

«Est-ce qu'on peut visiter la cabane, maintenant?

— Comme de raison.»

Le chalet était construit tout près de la rivière et mesurait huit mètres sur six. Un enduit brun pâle, délavé, recouvrait les murs en contre-plaqué. Sur le cadre des fenêtres s'écaillait une peinture d'un gris sale. La porte chancelait sur ses gonds. Au sommet du toit pointait l'extrémité d'un tuyau en tôle coiffé d'un cône métallique noir. En pénétrant, on était accueilli par quatre chaises en bois placées autour d'une petite table carrée dont les pattes s'efforçaient de rejoindre le plancher gondolé que cachait un linoléum crasseux. Dans un coin de la pièce principale tenant lieu de salon, salle à manger et cuisine, trônait la «truie», un poêle à bois en fonte. Sur sa porte massive s'étalait, en relief, une scène typique du Lac-Saint-Jean: deux bûcherons aux moustaches tombantes, chaudement vêtus, chaussés de raquettes fixées à des botillons en cuir, une hache à la main et une pipe aux lèvres. Ils avançaient à pas lents, suivant un attelage formé de deux gros chevaux qui tiraient un traîneau chargé de billots. En face de ce poêle à bois se trouvait un évier enchâssé dans le comptoir et surmonté d'armoires aux portes branlantes. Il avoisinait une cuisinière électrique d'un modèle antique. Le réfrigérateur grondait. Il s'arrêtait brusquement et faisait alors trembler le plancher. Deux petites chambres placées à l'arrière et une toilette complétaient cet intérieur modeste. Georges n'accordait guère d'importance à ces détails. Il les voyait à peine; en écoutant le courtier, il jetait de temps en temps un coup d'œil par les fenêtres et voguait sur la rivière, près des nénuphars dont les feuilles se balançaient au gré du vent léger qui se levait et dispersait la vapeur qui traînait à la surface de l'eau.

Il quitta vers neuf heures, après avoir demandé au courtier un délai de huit jours avant de donner sa réponse. Convaincu d'avoir ébranlé son client, Michel avait les yeux pétillants en rentrant à Roberval. Il se disait:

«L'affaire est dans le sac! Avoir su, j'aurais soufflé le prix de deux mille piastres!»

À peine sorti du chalet, le notaire avait demandé à sa compagne:

«Blague à part, que penses-tu de cette affaire?»

Elle alluma une cigarette. L'homme attendit un instant avant de lui faire remarquer:

«Tu ne dis rien?

— C'est pas compris dans le contrat!» répliqua-t-elle, dans un nuage de fumée.

Georges insista:

«D'accord. Mais tu pourrais donner ton opinion: tu as des yeux, un jugement, non?»

Il ajouta avec un soupçon de colère:

«À moins que tu n'exiges que je te paye pour ça aussi!»

Sans hésiter, elle rétorqua:

«Pourquoi pas? Est-ce que les notaires travaillent gratis? Je suis une escorte; autrement dit, une putain de luxe, pas une conseillère en immeubles.»

Georges sourit, gêné par la crudité de la femme.

«Madame est d'une distinction!

— Si tu veux savoir mon opinion, lâcha-t-elle, indifférente à cette remarque, ton maudit chalet n'est qu'une soue à cochons.

— Soit. Mais le paysage?

— Le paysage! s'écria-t-elle. Mais, pauvre notaire, tu vas te faire dévorer cet été par les moustiques et les mouches noires! Une folie!»

Georges songea:

«Je croirais entendre Myriam, ma mère.»

Avant de la déposer au terminus de Chambord, il lui tendit une enveloppe. Elle l'ouvrit, compta et commenta:

«Ce n'est pas un salaire de notaire!

— Tu n'arrêteras pas de chiâler, se défendit Georges. Trois cents dollars pour ta prestation, en plus des frais d'hôtel et de voyage! Tu trouves que ce n'est pas assez? Tu ne t'es pas tellement forcée!

— Aurais-tu voulu que je t'embrasse devant lui?

— Pourquoi pas?

— T'aurais dû me le dire. Puis, c'est pas trop tard, ajouta-t-elle en se penchant.

— Fous-moi la paix!», bougonna Georges en la repoussant.

Elle vida l'enveloppe et rangea les billets dans son portefeuille. D'un ton plus amène, elle lui proposa:

«Tu connais mon numéro à Québec. Tu me rappelleras si tu as besoin de moi.»

Il la toisa et lui ordonna:

«Descends! Tu me donnes la nausée!»

Elle allongea la main pour prendre sa valise sur la banquette arrière. Avant d'ouvrir la portière, elle le toisa à son tour et dit:

«Quand un beau gars comme toi est obligé de se payer une escorte uniquement pour impressionner la galerie, il devrait se poser des questions avant de faire le dégoûté! Salut!»

2

Le lendemain soir, le téléphone sonna chez les Maynard. Myriam décrocha. Après quelques mots, elle passa le combiné à son fils:

«C'est Louise.»

Il sourit et commenta:

«La mère supérieure!»

Myriam baissa le son de la chaîne stéréophonique et continua d'écouter *Les Sylphides* sans cesser de lire son roman. Georges s'installa au salon, juste en face de sa mère.

Une affection profonde, semée de disputes enjouées, unissait le notaire à ses sœurs. La cadette, Louise, contestait fréquemment l'autorité de son frère. Elle tirait une certaine assurance de son statut de médecin, comme de sa condition de femme mariée et mère de deux enfants et s'arrogeait le droit de fustiger la vie frivole de Georges. La benjamine, Juliette, secrétaire légale, casée, elle aussi soutenait les propos moralisateurs de la plus vieille. Mais, plutôt effacée, elle se bornait à des mimiques ponctuées de brefs commentaires.

Louise entama la conversation en parlant de l'orignal, un mâle de huit ans que son époux avait abattu deux jours plus tôt.

«Un boucher!» railla Georges, taquin.

Pour ne pas tomber dans le piège, elle se garda de défendre son conjoint.

«Il paraît que tu te cherches un pied-à-terre dans les bois», dit-elle.

Georges, feignant la surprise, demanda:

«Comment le sais-tu?

— Les nouvelles voyagent vite à Roberval et ta compagne n'a pas manqué d'attirer l'attention. Elle a confié à la serveuse qu'elle était descendue à l'hôtel pour visiter un chalet à Saint-François-de-Sales. Elle a même précisé qu'elle s'y rendrait le lendemain avec son ami, le notaire Georges Maynard.

— Et la serveuse te l'a rapporté?

— Pas nécessairement. Ta poupée s'est installée au bar. Elle ne crache pas sur le fort, paraît-il. Elle a causé avec Pierre, Jean, Jacques, jusqu'à ce que tu arrives, vers les neuf heures du soir, et que tu l'amènes dans sa chambre... pour la border, sans doute.

— Combien payes-tu tes espions? demanda Georges en riant.

— Ils travaillent comme de vrais artistes, l'art pour l'art, sans rien exiger en retour. Tu devrais savoir que c'est le passe-temps préféré des gens des petites villes. Dis-moi, qu'as-tu décidé après ta visite d'hier?

— Ce chalet me plaît.»

Myriam interrompit sa lecture et leva les yeux.

«Il y a de bonnes chances que je l'achète.

— Mais c'est un taudis!

— Tu sais ça aussi?»

Louise ne lui dit pas qu'elle avait appelé le courtier. Elle s'était rendue à l'agence et, après avoir vu la photo et l'emplacement du chalet, elle avait pris des renseignements auprès d'un infirmier qui connaissait bien le coin car il chassait souvent dans les alentours.

«Je sais tout, précisa-t-elle, d'un ton sans réplique.

— Donc, tu sais que je compte m'y installer?»

Le roman glissa des mains de Myriam et atterrit sur le tapis.

«As-tu perdu la tête? s'inquiéta Louise.

— Tu trouves ça idiot?

— Fou!»

Elle alluma une cigarette.

«Tu n'y penses pas vraiment! Et maman?»

Georges regarda Myriam. Elle le fixait. Mal à l'aise, il essaya d'expliquer à sa sœur:

«Maman n'est pas un bébé. Elle est capable de rester seule. Puis, ça la forcera à refaire sa vie. À peine quarante-huit ans...»

Une larme brilla dans les yeux de Myriam.

«Elle est encore belle et tellement en forme!»

Myriam faisait une heure de conditionnement physique par jour. Elle se rendait au gymnase en compagnie de Denise Dumont, autrefois mariée à un entrepreneur général, décédé deux ans plus tôt.

«Puis, maman n'est pas si seule, continua Georges. Son âme sœur vient la voir tous les jours.»

La petite ville de Saint-Félicien était persuadée qu'une amitié sincère liait les deux veuves. Myriam était une blonde dont les cheveux descendaient en dessous des épaules. Avec son teint clair, des yeux bleus à l'expression douce et calme, un visage sans rides, on lui donnait facilement dix ans de moins. Mince et élancée, elle avait une gorge pleine et ferme, des dents blanches et régulières. Elle se fardait à peine. Malgré sa réserve, elle attirait les regards. Denise semblait plus provocante. À peine moins grande que Myriam, ses formes étaient plus anguleuses, ses hanches larges, ses cuisses fortes. Quand on les avait vus une fois, on ne pouvait oublier ses yeux d'un vert de jade avec des paillettes brunes qui rappelaient une mer semée de récifs. Quelques fils gris striaient, au-dessus du front et près des tempes, sa chevelure noire, bouclée, coupée court. Son visage ovale et charnu prenait un air boudeur lorsqu'elle était attentive ou sérieuse, mais cette impression disparaissait quand ses lèvres ourlées s'ouvraient dans un sourire enfantin qui montrait des dents légèrement écartées, presque comiques. La bouche goulue, les ailes du nez qui palpitaient à la moindre émotion, les seins d'un blanc laiteux, dont le dôme bombait dans l'échancrure du corsage, laissaient soupçonner une sensualité troublante. Mais le timbre plutôt grave de sa voix, son regard pénétrant, l'air méchant qu'elle prenait lorsqu'on la contrariait lui permettaient de se défendre sans effort. Les deux femmes jouissaient d'une aisance issue du décès des époux, emportés l'un et l'autre par une défaillance cardiaque. Au cours de leurs randonnées, il leur arrivait de s'entretenir de leurs lectures. Les deux adoraient la musique classique. Elles s'encourageaient mutuellement à suivre une hygiène alimentaire qui, avec les exercices quotidiens et les visites chez l'esthéticienne, leur donnait une fraîcheur remarquable. Leur beauté, leur culture, leur fortune excitaient l'envie. Pour éviter les critiques, elles avaient restreint les contacts sociaux. On les voyait souvent ensemble, mais, sous les dehors d'une tendresse réciproque, elles nourrissaient, l'une envers l'autre, une certaine jalousie: c'était à qui serait la plus belle.

«Deux femmes qui cultivent ensemble et de façon morbide, le souvenir de leur défunt époux, continua Georges. Indifférentes aux souffrances qu'elles causent, elles font languir tant d'hommes. Je ne suis pas une exception car si Denise voulait...»

Un sourire effleura les lèvres de Myriam. Son fils ne pouvait rencontrer Denise sans l'inonder de déclarations. Théâtral, il se mettait parfois à genoux devant elle, essayant de lui prendre les mains. Elle le repoussait sans ménagement en le traitant de morveux.

Louise demanda:

«Tu ne trouves pas qu'elle est trop vieille pour toi?

— Trop vieille! Voyons! Quarante-deux ans; seulement douze de plus que moi. Mais elle paraît à peine vingt-huit.

— Tu es fou!

— Fou d'elle!

— Et ta poupée de Québec?

— Sans importance! Elle est là juste pour agacer Denise.

— Quand cesseras-tu de traiter les femmes comme des choses qu'on exploite et qu'on jette après usage?

— Je les aime trop.

— Tu les aimes toutes.

— Seulement celles qui sont jolies.»

Myriam hocha la tête, songeant:

«Comédien!»

Louise demanda:

«Mais pourquoi veux-tu vivre au fond des bois?

— Pour avoir la paix.»

Le cœur de sa mère se serra.

«Pour être seul en face d'une rivière; vivre entouré d'arbres; adorer la lune comme j'ai envie de le faire depuis toujours; seul, pour me retrouver.

— Te retrouver?

— Oui, me retrouver.»

Myriam tendit l'oreille davantage. Georges poursuivit:

«Je ne sais plus qui je suis. À force de vouloir plaire à tout le monde, on finit par perdre son identité, son moi...»

Louise exhala une bouffée de fumée. Elle se dit:

«Encore un qui parle de son «moi»! Est-ce qu'il suit des cours de croissance personnelle, lui aussi?»

Elle demanda, ironique:

«Et depuis quand l'as-tu perdu, ton «moi»?

— Depuis que j'ai cessé de courir après la lune, répondit Georges sans la moindre hésitation.

— Tous les enfants font ça.

— Puis, ils cessent de s'écouter et se comportent comme les adultes l'exigent. Ils perdent toute originalité. Par peur des punitions et surtout dans le but de se faire aimer, on devient un enfant docile, un petit robot. L'endoctrinement se poursuit à l'école puis à l'université. On se conforme aux images qu'on nous impose au point de n'être plus que l'image d'un idéal qui n'existe qu'en rêve. Le temps est venu, pour moi, de vivre ma vie comme bon me semble.

— Et changer de femme à chaque saison?»

Myriam avait tant de fois entendu cette rengaine! Elle ramassa le roman qui traînait à ses pieds et se remit à lire sans prêter attention à la conversation de ses enfants qui prit fin peu après. Georges resta au salon. Lorsque s'évanouit la dernière note des *Sylphides*, il fit jouer *Le Concerto n° 2 pour piano* de Rachmaninov. Myriam, captive de son roman, ne semblait prêter aucune attention à cette musique qui transportait son fils dans une rêverie exaltée. Il était particulièrement épris du second mouvement, l'*adagio sostenuto*, dont les notes longues, douces et sensuelles le transperçaient. Les yeux fermés, les lèvres entrouvertes, il balançait légèrement la tête comme s'il s'en servait pour battre la mesure. Une plainte plus aiguë jaillit soudain des violons. Elle se transforma en caresse déchirante qui fit frissonner Georges. Comme pour le réchauffer, ses bras entourèrent son torse dans une étreinte passionnée de sa propre chair.

Myriam semblait concentrée sur son roman, mais, du coin de l'œil, elle ne perdait aucun geste de son fils. Lorsqu'elle acheva le chapitre, elle le marqua d'un signet et ferma le livre. Contemplant Georges affalé sur le divan, elle songea:

«Mon bébé, mon fils, mon tout! On est si bien ensemble! Qui prendra soin de toi si tu quittes ta mère?»

D'une voix douce, elle lui demanda:

«Qu'est-ce que tu attendais pour me parler de tes projets?»

Georges ouvrit les yeux, corrigea sa posture, mais ne répondit pas.

«Les nouvelles ne courent pas après moi, tu devrais le savoir», reprit-elle.

Georges songea.

«Elle va encore m'assommer en me mettant sous le nez son existence de femme solitaire qui se sacrifie pour le bonheur de ses enfants!»

Elle lut l'exaspération sur le visage de son fils et devina sa pensée.

«Alors, tu as décidé de partir?

— Tu ne crois pas qu'il en est grandement temps?

— Je t'étouffe?»

En guise de réponse, il soupira et secoua la tête comme s'il ne voulait plus l'entendre mais écouter le dernier mouvement du concerto.

Myriam, d'une voix qui rivalisait avec la douceur des violons, poursuivit:

«Une mère oublie souvent que ses enfants sont devenus des adultes. Elle voudrait tellement les garder sous sa jupe! D'autres fois, au contraire, elle s'inquiète quand ils ne se conduisent pas comme les personnes de leur âge. Ainsi, je me suis souvent demandé pourquoi tu n'as jamais gardé une femme à coucher dans ta chambre.

— Par respect pour toi qui n'as jamais eu d'homme dans ta vie depuis que papa est mort.

— Je reste seule parce que cela me convient. J'apprécie ta délicatesse, mais je n'accepterai jamais que tu t'isoles dans les bois pour jouir pleinement d'une intimité à laquelle tu as parfaitement droit. Si tu veux garder une fille à coucher...

— Tu accepterais?»

Myriam sourit.

«J'ai été élevée à l'ancienne. Tout de même, je ne suis pas bouchée; par les temps qui courent...

— Même si je change de fille à chaque saison comme Louise le prétend?

— C'est ton affaire.»

Ils se turent, les yeux dans les yeux comme si chacun cherchait à lire la pensée de l'autre. Myriam semblait calme. Les sourcils froncés de Georges témoignaient d'une préoccupation croissante. Dans un allegro scherzando qui marquait le dernier mouvement, le piano et les violons s'étaient déchaînés autour d'eux.

«Alors?», demanda la mère.

Georges sentait son cœur battre comme la grosse caisse qui mêlait sa voix au chant des violons. Il aurait donné cher pour échapper au regard velouté et pénétrant de sa mère, courir, s'envoler avec les notes précipitées du piano.

«Ce n'est pas seulement ça, maman, avoua-t-il enfin.

— Quoi, alors?

— Je veux vivre seul; seul, tu comprends? Ne voir personne...»

Myriam soupira. Sans s'en rendre compte, sa main droite se posa sur son bras du côté opposé et, tout en serrant et relâchant nerveusement sa chair, elle demanda au notaire:

«Georges, mon fils, si tu disais enfin la vérité?»

Surpris, il se redressa:

«La vérité? Quelle vérité?

— La vérité, Georges. Veux-tu qu'on cesse de jouer la comédie, toi et moi?

— Quelle comédie?

— Celle que tu joues depuis la mort de ton père et dont moi, mère trop complaisante, je n'ai cessé d'être complice en faisant semblant de croire à ton jeu pour éviter de te blesser...»

Il l'interrompit avec un agacement où perçait l'inquiétude:

«Je ne comprends rien, absolument rien à ce que tu racontes.

— Tu comprends tout», insista la mère.

Georges pâlit. Il dévorait Myriam du regard. Il n'entendait plus la musique.

«Parle, parle, si tu as quelque chose à dire, lui

ordonna-t-il, au lieu de tourner indéfiniment autour du pot. À quelle vérité mystérieuse fais-tu allusion?

— Georges, je t'ai porté...

— Je le sais, maudit!»

Elle hésita. Elle avait des raisons de croire qu'il pouvait devenir violent si on le poussait à bout. Elle serra plus fort son propre bras et poursuivit:

«Peut-être que le cordon qui me rattachait à toi n'a jamais été vraiment coupé.

— C'est encore de ma faute, je suppose? cria-t-il.

— Calme-toi, Georges, calme-toi, mon petit. Je sens ce que tu sens; je vis ce que tu vis. Te souviens-tu lorsque, vers quinze ans, tu as été malade dans un camp de vacances? J'ai ressenti tes crampes d'estomac à six cents kilomètres de distance. Est-ce de la télépathie? Je l'ignore, mais c'est ainsi et je n'y suis pour rien. Où que tu sois, je suis avec toi; mon amour t'accompagne partout.»

Elle s'arrêta. Comme un prévenu, il attendait le verdict, les mâchoires parcourues d'un léger tremblement.

«Tu ne peux pas me cacher, à moi, ce que tu caches si bien aux autres», reprit Myriam.

Les doigts de Georges s'étaient crispés sur le coussin du divan. Il la menaça et la supplia à la fois:

«Arrête de tourner autour du pot. Arrête de dire que tu m'aimes! Parle, lâche le morceau, bon sang!

— Georges, mon petit, tu es un homosexuel qui joue les tombeurs pour cacher une réalité qui lui fait horreur», dit enfin Myriam.

Il ferma les yeux et cessa de respirer un instant. Puis, sa poitrine s'affaissa; il inspira profondément et, tâchant de paraître calme, il commenta, sarcastique:

«C'est ça, ta fameuse vérité?

— C'est peut-être de ma faute», insinua Myriam.

Pour décider son fils à s'ouvrir, elle lui donna l'exemple et se mit à lui parler de son propre passé.

«Il n'y avait pas de meilleur homme que ton père. Moi, je provenais d'une famille aisée de Roberval; lui, de la campagne. Ses parents possédaient une ferme à Saint-François-de-Sales. Il n'a pas voulu succéder à son père; il prit le chemin des études; il devint un notaire respecté de tous, sauf, peut-être, de celle qu'il aimait le plus au monde, sa femme.»

Une larme brilla dans ses yeux.

«Je ne savais pas ce que je voulais. J'étais jeune, gâtée. Quand on a été comblé, on devient insatiable; on porte, au fond de soi, un vide que rien ne peut remplir. À peine sortie du pensionnat, j'épousais ton père, mon aîné de douze ans. J'étais folle de lui, un bel homme, très convoité, grand, fort, brun... comme toi. Je le voulais tant! Sitôt que je l'ai eu, il cessa de m'intéresser. Ce triste défaut a gâché ma vie. Dès que j'obtiens ce que je désire, il se transforme en poussière et mes désirs se portent de nouveau vers quelque impossible objet qui perd toute sa valeur sitôt que je l'obtiens.»

31

Elle avala une bouffée d'air et reprit:

«Je suis tombée enceinte presque aussitôt. À vingt-deux ans, j'étais mère de trois enfants, moi qui n'avais rien fait de mes dix doigts. Où est passée ma jeunesse?»

Elle baissa les yeux avant de reprendre:

«Pour moi, la sex...»

Elle s'arrêta, incapable d'achever le mot désignant la chose qui la dégoûtait le plus au monde. Elle dit gauchement:

«Une corvée... Alors... après six ans de mariage, je me suis totalement refusée à ses désirs.

— Plus rien? demanda Georges.

— J'en avais horreur. Je ne pouvais pas. Le pauvre homme...»

Elle n'avait pas la force d'achever.

« Quoi?

— Il se contentait seul, à côté de moi, dans le lit. Je tournais la tête, dégoûtée. Il ne fallait pas qu'il me touche...»

Elle se revit allongée près de lui et frissonna.

«On en est venu à ne plus se parler sauf pour l'essentiel.»

Elle se tut.

«Privé d'amour, il s'est laissé mourir, acheva son fils. Un infarctus à trente-six ans, un second à quarante et le dernier deux ans plus tard...

— Que pouvais-je y faire? protesta Myriam. Penses-tu que je souffrais moins que lui? Puis, je ne l'ai jamais empêché d'aller ailleurs. Au contraire...

— Tu aurais dû voir un...

— Ça n'existait pas, de mon temps, les sexologues, trancha-t-elle, et de toute façon je n'y serais jamais allée. Il manquait l'essentiel, l'amour.»

Comme si cette confession lui apportait un certain soulagement, elle se détendit un peu, posa les mains sur ses cuisses, allongea les pieds en avant d'elle. Elle s'enfonça davantage dans son fauteuil. Après une course effrénée des violons et du piano, le silence tomba brusquement sur le salon.

«Tu avais douze ans au décès de ton père, reprit la veuve. Un âge difficile...

— Inutile de me le rappeler, l'interrompit Georges.

— J'ai été assez naïve pour accepter l'aide du frère Cléophas», poursuivit Myriam.

Georges serra les mâchoires.

«Aujourd'hui, on sait mieux ce que valent ces messieurs.

— Que veux-tu dire?

— Tu le sais.

— Quoi?

— J'ai des raisons de croire qu'il t'a appris de mauvaises choses.»

Georges ne broncha pas. Elle ne fut pas dupe de ses efforts pour cacher son émotion.

«Pendant plus de deux ans, il a fait semblant de remplacer ton père. Tes notes ont grimpé rapidement alors que, dans les premiers mois qui avaient suivi la mort de Romuald, elles avaient tellement baissé que je craignais que tu sois recalé. J'appréciais l'intérêt que le frère Cléophas te portait. Je le recevais chez nous comme s'il avait été un proche parent et, tout à coup, plus rien. Que s'est-il passé?

— Je te l'ai déjà dit: je l'ai envoyé paître parce qu'il exigeait trop de moi.

— Voyons donc! Tu apprenais sans effort. Tu étais premier de classe. Personne n'avait à te pousser dans le dos.»

Elle réfléchit un instant avant de reprendre:

«Il s'est tellement passé de choses depuis cette rupture! Je ne comprenais pas toujours sur le coup, mais je me doutais que tout n'était pas clair entre toi et le frère Cléophas. Que pouvais-je y faire, sinon prier le Seigneur pour qu'il m'aide avec mes enfants, pour que vous me fassiez confiance et que vous vous ouvriez à moi? Toi, surtout, tu te cachais tellement! Tu inventais tant d'histoires pour que je ne sache rien de tes peines ni de tes aventures.

— Où vas-tu donc chercher ça, pour l'amour du ciel! s'écria Georges, les mains en l'air.

— Où? Te souviens-tu de tes amis si beaux, si gentils que tu devais nous présenter?

— Quels amis?

— Pierre Letendre, Gérard Duguay, Antoine Lemire et j'en passe...

— Le premier est mort la veille d'être reçu chez nous; Gérard est parti pour la Belgique avec ses parents; Antoine...

— Il leur arrivait toujours quelque chose, l'interrompit Myriam, juste avant que tu ne les amènes à la maison. Tu sombrais alors dans un chagrin qui durait des semaines, des mois avant que tu ne te déniches un autre compagnon imaginaire.

— Imaginaire?

— Oui, imaginé par toi pour combler ta solitude.»

Il baissa la tête puis gémit, au bord des larmes:

«C'était mon secret. Comment as-tu fait pour le découvrir?»

Elle ne répondit pas.

Il se prit la tête à deux mains. Elle l'entendit à peine se plaindre:

«Tu viens de les tuer! Ils ont toujours existé dans

mon cœur. Oh! Tu viens de les tuer! Eux seuls me comprenaient. Je garde encore les lettres qu'ils m'écrivaient...»

Georges ne la vit pas sourire:

«Pauvre enfant, songea-t-elle. Il s'écrivait lui-même des lettres et y croyait tellement que, parfois, il pleurait en les lisant...»

Le sentant sur le point d'avouer, elle s'enhardit et poursuivit:

«Que s'est-il passé quand tu as atteint ta seizième année? Tu as changé brutalement. Je n'en croyais pas mes oreilles lorsque les parents du petit Delisle sont venus me raconter ce que tu avais fait à leur fils...»

Georges releva le front et ricana:

«Un salaud!

— Tu l'as démoli dans le chalet de ses parents sans que jamais je sache la vraie raison. Depuis plus de dix ans, tout le monde sait que c'est un homosexuel. Qu'est-il donc arrivé entre vous deux ce jour-là?

— D'après toi, ce ne peut être qu'une histoire de tapettes?

— Le frère Cléophas n'est plus dans les ordres. On dit qu'il a eu une liaison avec Delisle...

— Puis?

— Est-ce à cause de cela que tu l'as battu?

— Es-tu folle, maman? J'aurais été jaloux d'Éric parce que le frère Cléophas était son amant?

— Tu as été blessé parce que le frère t'a délaissé pour lui! C'est après cela, vers quatorze ans, que tu as commencé une existence de solitaire, ne fréquentant que tes compagnons imaginaires, ces gentils garçons que tu promettais, en vain, de nous présenter...

— Vas-tu te taire!» la supplia Georges.

Elle fit semblant de ne rien entendre et poursuivit:

«À seize ans, après avoir rossé Éric, tu as pris du poil de la bête. Déjà robuste, tu t'es encore développé en pratiquant la culture physique. Au tennis, les filles se battaient pour ramasser les balles du champion que tu étais devenu en si peu de temps. C'est alors qu'a débuté ta carrière de don Juan qui n'a jamais permis à une fille de coucher ici...

— Jamais je n'aurais cru qu'un jour tu me reprocherais de t'avoir respectée, protesta Georges.

— Et Jean Dutrissac? demanda Myriam.

— Ah, non! s'écria son fils.

— Pourquoi pas?» insista la femme, calmement.

Georges décroisa puis recroisa nerveusement les jambes.

«Le professeur Dutrissac, continua Myriam. Bel homme. Passé maître dans l'art de s'entourer de jolies filles, lui aussi...

37

— Mais c'est le plus grand don Juan de la ville de Québec! l'interrompit Georges.

— Il veut passer pour tel dans la capitale pendant que tu joues la même farce au Lac-Saint-Jean. À cinquante ans, il est célibataire, tout comme toi. Vous vous rencontrez fréquemment, presque chaque fin de semaine. Pourquoi?

— Nos affaires! Jean a été mon professeur de notariat. Nous sommes devenus amis puis co-propriétaires d'un chalet à Saint-Fulgence. C'est normal qu'on se rencontre souvent, durant le week-end, surtout. Chacun fait sa petite affaire; il couche avec qui il veut et moi... Ça ne regarde personne! Je ne te permettrai jamais d'insinuer que Jean est un fifi et que... Mais c'est horrible, maman! Tu ne te rends donc pas compte de ce dont tu m'accuses?

— Je ne t'accuse de rien, Georges. Ce n'est pas un péché que d'être comme ça. C'est toi qui en fais une monstruosité et qui montes d'incroyables bateaux pour cacher ce que tu es vraiment. Tu prétends vouloir t'isoler dans le bois pour te retrouver. Or, tu viens tout juste de me dire que tu possèdes, en co-propriété avec Dutrissac, un chalet à Saint-Fulgence.

— Je veux mon chez-moi. Je ne possède que dix pour cent du chalet de Saint-Fulgence.

— Dix pour cent! Qu'il a été gentil avec son élève! Dix pour cent seulement! Un apport symbolique qui te donne les mêmes privilèges que lui... Vous vous êtes brouillés?

— Ça te regarde?

— Passons. Tu veux vivre seul pour te retrouver. Te retrouver? Qu'est-ce que ça peut bien vouloir dire puisque tu es là, là devant moi? Mais tu veux passer pour un autre. Ce n'est pas étonnant que tu te sentes tellement perdu. Tu te poses en champion de l'authenticité alors que tu cultives ce que tu reproches le plus aux autres: l'hypocrisie. Mon pauvre Georges, ta vie est un pur mensonge, une éternelle représentation théâtrale et il faut croire que tu joues bien la comédie puisque tes sœurs en sont dupes. Quant à Denise...

— Je t'interdis d'introduire dans cette discussion dégoûtante le nom de la femme que j'aime!» la coupa Georges avec colère.

Myriam ne put s'empêcher de rire.

«Tu l'aimes! Ah, mon Dieu! Tu l'aimes!

— Qu'y a-t-il de si drôle?» cria son fils en donnant une tape sur le divan.

Myriam leva la main pour le calmer et s'expliqua:

«Tu l'aimes et tu lui tourneras autour tant qu'elle continuera à t'envoyer chez le bonhomme, mais si elle accepte tes avances, si jamais elle croit vraiment que tu as le béguin pour elle, tu fuiras. Si tu l'entendais quand elle parle de ta prétendue passion! Dans sa petite tête, elle se pense trop fière pour que tu l'utilises comme les autres et qu'après trois ou quatre nuits d'amour, tu te moques d'elle et l'abandonnes, le cœur brisé. Elle jure qu'elle ne cédera jamais à tes avances, mais elle jure avec une telle force que je doute de sa résistance si jamais elle se trouve seule avec toi. Mais tu fuiras le premier si vous vous rencontrez sans témoin, car ton cœur et tes désirs sont ailleurs. Penses-tu que je ne ressens pas ton inquiétude le jour où tu te rends à Saint-Fulgence, ni ta tristesse quand tu en reviens? Que se passe-t-il entre Jean et toi?»

Georges rit nerveusement.

«Puisque tu sais tout, pourquoi me le demandes-tu?

— On dirait que tu le crains et qu'il te fait souffrir quand vous êtes à Saint-Fulgence. Est-ce à cause de ça que tu veux rompre?

— J'ai mon maudit voyage!

— Une relation de maître à esclave que tu ne peux plus supporter?

— Ah, non! Tu devrais changer de lectures! Ce genre de roman ne te fait pas, mais alors, pas du tout, pauvre maman!»

Elle détourna brusquement la conversation:

«J'ai soif, dit-elle en se levant. Veux-tu que je t'amène quelque chose?»

Il ignora son offre. Il grommela:

«Ce qu'il ne faut pas entendre! À croire qu'elle se nourrit de *Photo-Police* et autres saloperies du même genre. Elle me traite de fifi uniquement parce que je veux me séparer d'elle!... Égoïste!... Je te dis que comme mère...»

Myriam feignit de ne rien entendre. Elle ouvrit le réfrigérateur.

«Je me sers un Seven-Up. Et toi?

— Oh! Ce que tu voudras!»

Les chaussures de Myriam glissèrent sur la marqueterie de la cuisine. On entendit la porte du réfrigérateur se refermer doucement. Elle revint au salon et tendit un verre à son fils.

«Dépose-le là, dit-il avec une certaine rudesse, en désignant une petite table en acajou. Puis-je faire jouer *Le Concerto n° 3 pour piano* de Rachmaninov?» demanda Georges, avec un soupçon d'ironie dans la voix.

Pour toute réponse, Myriam sourit.

«Chaste et pure comme tu es, sait-on jamais?» insista-t-il, caustique.

Dans une vague de passion, les premières mesures, le piano aux bras des violons, tourbillonnèrent entre Myriam et Georges. Il pesta:

«Entendre une musique aussi divine et s'entendre traiter de tapette par sa propre mère! Quelle horreur, mon Dieu! Quelle horreur!

— Pourquoi emploies-tu le mot «tapette»? C'est si disgracieux! intervint Myriam. Que tu sois une tapette ou non, pour utiliser ton langage, ces gens-là méritent notre respect.

— À chacun ses goûts, opina Georges. Moi, ils me donnent envie de vomir.

— Je n'en doute pas et c'est pourquoi tu te tortures de la sorte.

— Écoute, menaça Georges. Si tu recommences...

— Je ne recommence pas, insista Myriam. Je commence à peine. C'est la première fois qu'on aborde ce sujet, qu'on se dit la vérité.

— Mais, puisque je te dis que tu te trompes! cria Georges.

— Calme-toi», le supplia Myriam.

Elle but une gorgée de Seven-Up. Il l'imita.

«Est-ce que je puis donner mon avis sur les homosexuels? demanda-t-elle.

— À condition de ne pas m'y inclure, l'avertit son fils.

— Soit. Je me suis renseignée sur la question.

— Ça t'obsède, c'est visible, ironisa le notaire.

— Il y a toutes sortes de théories. La mère dominatrice, le père absent... Mais cela ne tient pas debout. Il y a tant d'hommes normaux... pardon, hétérosexuels qui ont manqué de père ou qui ont été affligés d'une mère contrôleuse, castrante, pour employer le langage des psy. Il y a les théories génétiques selon lesquelles, on naîtrait comme ça...

— Une infirmité, une malédiction pire que la mort!

— Mon Dieu, que tu dramatises! s'exclama Myriam. Voyons, on ne compte pas les génies qui étaient des homosexuels actifs ou dans l'âme. L'homosexualité était de bon ton chez les Grecs de l'Antiquité et Dieu sait s'ils étaient civilisés.»

Georges, en proie à une colère insurmontable, déposa rudement son verre sur la petite table.

«J'en ai assez entendu pour ce soir, lança-t-il. Si tu veux continuer, tu parleras aux meubles. Moi, je sors.

— Non, je t'en supplie, lui demanda Myriam en tendant les mains vers lui. Je ne dirai plus un mot.

— Je sors, répéta Georges en se levant. Et demain, pas plus tard que demain, j'achète le chalet et je déménage!»

Tandis que Georges passait une veste sport, les plaintes lubriques du piano se mêlaient aux gémissements des violons dans un corps-à-corps échevelé. Puis, comme des amants épuisés, les accords s'évanouirent avec des frissons de plaisir presque insupportable. Les yeux remplis de larmes de Myriam suivaient son fils à chaque pas. Il franchit la porte et disparut dans la nuit étoilée du mois d'octobre.

3

Vers neuf heures, le lendemain, Myriam se rendit à la chambre de Georges. Elle trouva la porte fermée alors que la veille, au moment de son départ, il l'avait laissée ouverte.

«Il est revenu en catimini aux petites heures du matin, se dit-elle, puis il est reparti pour le bureau... sans m'embrasser.»

Ce raisonnement ne la rassura pas. Elle poussa la porte: les tiroirs avaient été vidés; la valise n'était plus dans le placard.

Ses jambes se ramollirent; elle s'assit sur le matelas. Son regard s'attarda sur l'oreiller. Elle le caressa discrètement, une larme tremblant au coin des paupières.

«Il rentrera ce soir, songea-t-elle; demain, au plus tard. Je ne lui dirai rien. Je me suis conduite comme une idiote.»

Elle résista toute la journée au désir d'appeler ses filles.

«À quoi bon les déranger pour un incident sans importance?»

Au cours de sa marche de santé, au début de l'après-midi, elle se confia à Denise sans, toutefois, faire la moindre allusion à la prétendue homosexualité de son fils.

«Tu t'inquiètes pour rien, lui répondit celle-ci. Il est trop bien avec toi pour partir. Il est allé faire la noce dans sa garçonnière. Il viendra t'apporter sa lessive quand il n'aura plus de linge propre!»

Deux semaines passèrent. Georges n'appelait pas. Il disait à ses sœurs qu'il était heureux et pas encore prêt pour les recevoir. Il refusait de donner le numéro de téléphone du chalet. Il fallait le contacter à son étude.

Pour ramener son fils au bercail, Myriam ne vit d'autre issue que de supplier Denise. Elle s'humilia au point de lui dire:

«Peut-être qu'il s'ennuie de toi alors que nous autres, sa mère et ses sœurs, ne comptons plus pour lui.

— S'ennuyer de moi! Avec toutes les femmes qui courent après lui! Tu veux rire!

— Ai-je l'air de quelqu'un qui a envie de rire? Denise, tu sais bien qu'il t'aime...

— M'aimer! Il n'aime que lui. Il n'est pas capable de voir une femme sans lui chanter la pomme.

— Tu sais bien qu'il n'est pas si mauvais. Essaye, je t'en prie.

— Pauvre toi! Si ça peut te faire plaisir, va, je l'appellerai. J'irai même le voir dans sa soue à cochons... Faire rire de moi...

— Je te le revaudrai, je te le jure.»

Quatre jours plus tard, début novembre, un samedi, Georges lisait lorsqu'on frappa deux coups à la porte. Il n'attendait Denise que vers dix heures. Comme il tardait à répondre, elle cria:

«Réveille-toi, fainéant!»

Il laissa son lit, passa une robe de chambre et vint ouvrir. Son air incrédule amusa la femme:

«T'en fais une tête! Me prends-tu pour un fantôme ou pour la fée des neiges? Quel incroyable paysage!»

Elle s'avança de quelques pas et l'embrassa sur une joue. Il restait coi.

«Tu as perdu la langue, mon grand! lui dit-elle, moqueuse.

— Non, mais ça ne se peut pas!... Pas si tôt!

— Et pourquoi pas? répliqua Denise. Je ne voulais pas te laisser le temps de faire un grand ménage pour me recevoir.»

Elle déposa son sac à main sur la table située près de l'entrée puis jeta un regard autour d'elle tout en retirant ses gants.

«Celles que tu amènes dans ta garçonnière s'occupent d'autres choses que de ramasser et d'épousseter!

— C'est maman qui t'a dit ça?» demanda Georges.

Une question aussi naïve semblait l'étonner:

«Que tu reçois des femmes à la douzaine? Tout le

monde le sait et, le premier, tu t'en vantes, comme tous tes pareils! C'est bien ce que tu faisais quand tu passais le week-end à Saint-Fulgence. Je ne vois pas pourquoi tu changerais. Va, je ne te dérangerai pas longtemps!

— Je t'en prie, je n'attends personne aujourd'hui.»

Elle ôta son manteau, son bonnet et les tendit à Georges.

Convaincue qu'elle avait affaire au plus grand don Juan du Lac-Saint-Jean, elle lui lança:

«Menteur!

— Je t'assure, protesta Georges en se dirigeant vers la petite chambre située à l'arrière du chalet.»

Elle le suivit et répéta:

«Menteur, menteur comme tous les hommes!»

Elle fit la moue devant le petit lit orné d'une couverture artisanale et d'un oreiller. Georges y déposa le manteau et le bonnet. À côté, se trouvaient une chaise et une table peintes en jaune. Aux murs, étaient fixés deux petits placards rugueux, mal vernis. En arrière du lit, la photo jaunie d'un chien; sur le mur d'en face, celle d'un hydravion.

Elle sortit de la petite pièce et se dirigea vers la chambre principale presque entièrement remplie par un lit vétuste en fer; le drap écarté durant le sommeil montrait un matelas d'une propreté douteuse. À côté, une table de chevet dont personne n'aurait voulu au marché aux puces; le placard fermait mal; sur le plancher, une moquette trouée.

Pour achever le tour du propriétaire, elle poussa la porte accordéon de la toilette.

«Ça, c'est le bouquet!» conclut-elle avec une mine horrifiée.

Elle se hâta de refermer et fixa Georges. Le visage de la femme exprimait son incrédulité.

«Bon, je viens juste d'arriver. Tout est à faire, je le sais», expliqua le notaire, visiblement embarrassé.

Elle se dirigea vers les chaises placées en désordre autour de la table rustique, hésita, en prit une et s'assit. Tout en regardant par la petite fenêtre de la cuisine un peuplier couvert de frimas, elle résuma ses impressions:

«Je pensais que ta mère exagérait, mais j'avoue, après ce que je viens de voir que, malgré son chagrin, elle était bien en dessous de la vérité, encore que le paysage n'est pas à dédaigner. Mais, t'en es-tu seulement rendu compte?

— C'est uniquement à cause du paysage que j'ai acheté cette cabane. Dès le printemps, je...

— Mais ce matin? l'interrompit-elle.

— Ce matin?

— Oui, ce matin, la féerie du dehors?»

Comme si elle s'adressait à un faible d'esprit, elle leva et, tenant sa main, elle l'amena devant l'entrée:

«Regarde! dit-elle, en ouvrant toute grande la porte.

— Mon Dieu! s'exclama-t-il.

— Tu n'avais donc rien vu en venant m'accueillir tout à l'heure?»

Elle le laissa planté là et, sans la moindre gêne, se mit à préparer le café tout en l'observant.

«Il a l'air aussi pitoyable que son chalet, songeait-elle. Tout est à l'abandon ici. La vaisselle traîne dans l'évier depuis au moins deux jours. Ça sent le saumon sorti des boîtes de conserves, la sardine et les sandwiches. Encore un mois de ce régime, peut-être moins, et il fera un ulcère d'estomac. Le plancher est tellement sale que ce n'est pas la peine que j'enlève mes bottes et mette des chaussons comme j'en avais l'intention. En seulement trois semaines, il a perdu au moins six livres. Ses épaules tombent; on dirait un mort vivant, une statue plantée devant la porte qui fixe le vide. Où donc est passé le Georges que toutes les femmes regardaient, celui qui me chantait si bien la pomme à Saint-Félicien?»

Puis se ravisant, elle se dit:

«Méfie-toi. Les plus grands séducteurs s'y prennent de cette façon: ils nous désarment en nous inspirant de la pitié. Il ne faut surtout pas qu'il se doute de ce que je ressens vraiment pour lui.»

Sa main se crispa sur le rebord du comptoir. Puis, malgré elle, Denise s'avança. Elle se plaça derrière Georges et, par-dessus son épaule, regarda dans la même direction. Durant la nuit, la température avait chuté.

L'humidité qui flottait dans l'air s'était figée en tubes luisants autour des branches des bouleaux et des trembles; une fine pellicule de glace brillait sur la dentelle des cèdres. Le soleil matinal couvrait d'éclats fauves et dorés les aiguilles givrées des sapins et des épinettes. Dans l'herbe, la verte turgescence de l'été avait fait place à une teinte plus terne; les brindilles pliaient sous le poids d'une mousse blanche et froide. La rivière ressemblait à un miroir vaste et parfaitement poli.

Denise respirait avec force; son haleine tiède se dispersait sur le tissu de la robe de chambre de l'homme, près du col. Il ne semblait pas s'en rendre compte.

«Allons, ferme: tu vas te rendre malade!» lui dit-elle pour briser le silence.

Georges ne bougea pas. Elle s'avança et poussa la porte, puis toucha le visage de l'homme.

«Ta joue est glacée. C'est l'air froid qui te fait larmoyer?»

Georges se dirigea vers le comptoir et servit deux tasses de café. Il respira profondément et avoua d'une voix tremblante d'émotion:

«Ce paysage me bouleverse. C'est idiot, je le sais.

— Je ne te croyais pas si sensible.

— Tu as tellement d'idées préconçues à mon égard!»

Elle ne répondit rien, prit la tasse que lui tendait son hôte et le remercia.

«C'est ta pompe à eau qui est enfermée dans cette espèce de niche à chien que je vois dans la cour? demanda-t-elle tout à coup.

— Oui, répondit-il.

— Penses-tu qu'elle va tenir le coup durant l'hiver?

— L'ancien propriétaire m'a prévenu que la canalisation gelait à la mi-décembre.

— Autrement dit, pas d'eau dans quelques semaines?

— Sans doute.»

Elle se retourna vers lui et répéta, ironique:

«Sans doute! Et que feras-tu, alors?

— Je m'approvisionne déjà en eau potable à Roberval. Pour le ménage et la toilette, je ferai fondre de la neige.

— Le voilà rendu au temps des pionniers! plaisanta la femme. Puis ton chalet n'est pas isolé pour l'hiver.

— Celui qui me l'a vendu prétend le contraire, soutint Georges.

— Gros naïf! On verra ça dans un mois. Mais revenons à ta pompe à eau. Je t'assure qu'elle devrait se trouver au sous-sol, non dehors, dans cette petite cabane, si tu ne veux pas que le réservoir gèle durant les grands froids.

— Le sous-sol? Mais il n'y a pas de sous-sol», précisa Georges.

Elle lui montra une trappe encastrée dans le plancher, en face de la salle de bains, et lui demanda de la soulever. Un espace d'environ un mètre vingt séparait le plancher du sol. Elle voulut convaincre Georges que la pompe s'y trouverait à l'abri des intempéries. Il soutint que la présence d'une plinthe chauffante dans la petite cabane que Denise prenait pour une niche à chien empêcherait le réservoir de geler. Elle exprima le désir de visiter les environs. Georges s'habilla. Ils sortirent et marchèrent côte à côte. À quelques reprises, feignant de perdre l'équilibre, elle s'appuya contre lui. Une fois, d'un ton timide, elle lui dit:

«Excuse-moi.

— Je t'en prie», protesta le notaire sans tendre la main pour la supporter.

Durant plus de vingt minutes, ils prirent un chemin en terre qui, partant du village, se rendait jusqu'à une bleuetière située à sept kilomètres plus loin. En cours de route, ils passèrent devant un relais de motoneiges et une glissoire aménagée sur le flanc d'une colline.

«Le dimanche, ça risque d'être bruyant, remarqua Denise.

— Tant mieux, répondit Georges, je me sentirai moins seul.

— La solitude te fait donc peur? lui demanda-t-elle.

— Je l'ignore. Je ne le saurai qu'avec le temps.

— Pourtant, c'est bien ce que tu es venu chercher ici, n'est-ce pas?

— Sans doute, mais il y a toute une marge entre ce que l'on anticipe et ce qui se passe dans la réalité.

— Pourquoi n'achètes-tu pas un chien?

— J'y ai pensé.

— Ah! Quelle sorte?

— Plutôt un chien de chasse.

— Tu chasses?

— Pas encore, mais, vivant en pleine forêt, je m'y mettrai dès cet automne.»

Ils marchèrent en silence jusqu'au moment où, au détour du chemin, ils découvrirent un bosquet de sapins. Georges s'arrêta ou plutôt, figea, oubliant apparemment l'existence de Denise. Intriguée, elle lui demanda:

«Qu'est-ce qu'il y a?

— Rien, répondit-il d'une voix lointaine. Je regarde.

— Quoi?

— Les sapins.

— Qu'est-ce qu'ils ont?

— Rien de spécial. Chaque fois que je tombe sur un beau sapin, ça me fait le même effet que lorsque, étant enfant, je voyais la lune. Je la trouvais si belle! Je croyais qu'elle marchait dans le ciel. Combien de fois n'ai-je pas couru après! Souvent, elle me semblait à portée de la main, mais, au moment où j'allais m'en emparer, c'est mon père ou ma mère qui me saisissait par en arrière. Aujourd'hui encore, je rêve d'attraper la lune.

— Tu es fou.»

Il sourit.

Au retour, ils s'arrêtèrent sur le pont. Non loin, sur la rivière, une cane surveillait ses petits. En voyant le couple, elle disparut parmi les joncs qui bordaient les berges. Les canetons la suivirent.

«Je les apprivoiserai avec du maïs», décida le notaire.

Rendue au chalet, Denise fit de nouveau le tour du propriétaire, jetant des regards inquisiteurs un peu partout. Elle sembla soulagée en découvrant, au-dessus du poêle à bois, ce qu'elle cherchait. Elle s'en approcha et, sans cesser de parler, elle s'appuya contre le rebord en fonte du poêle.

«Fais attention! lui cria le notaire. Tu vas te salir.»

Elle s'en écarta, prit son sac à main qu'elle avait laissé sur la table et fit semblant d'y chercher quelque chose.

«Si ça ne te dérange pas, dit-elle, apparemment contrariée, je vais me rendre au dépanneur. Je n'ai plus de cigarettes.

— Et depuis quand fumes-tu? lui demanda Georges.

— Ça m'arrive parfois, répondit-elle, un peu triste.

— Je peux y aller à ta place, s'offrit-il.

— Merci. J'en profiterai pour voir la face des villageois, tes voisins.

— Je t'accompagnerai, insista-t-il.

— Comme tu en as accompagné tant d'autres avant moi? Pour que les bonnes langues du village disent: une de plus! Non, merci.»

Il hocha la tête.

«Décidément, tu as des idées fixes!»

Lorsqu'elle revint au bout d'une heure, il était frais rasé. Il avait lavé et rangé la vaisselle. Il portait un pull échancré sur une chemise blanche. Denise aurait voulu lui dire qu'elle le trouvait beau mais elle craignit qu'il ne se moque d'elle. Elle eut l'impression qu'il se rendait compte de son émotion et n'en fut que plus troublée. Elle entama une conversation décousue sur les rigueurs de l'hiver et les tribulations qu'elle prévoyait pour un homme vivant seul dans un chalet aussi rudimentaire. Tout en parlant, elle s'approcha du poêle à bois et remit à sa place la clé de la maison dont, à Chambord, village situé à vingt kilomètres plus loin, elle venait de faire forger une réplique.

Il était à peine dix heures lorsqu'elle annonça son départ. Au moment où elle franchissait le pas de la porte, Georges la saisit par le poignet. Elle frémit à ce contact, le premier qu'il risquait depuis son arrivée.

«Et mon bec?» demanda-t-il.

Elle serra les dents, le fixa puis murmura, frémissante de colère:

«Tu es l'être le plus odieux que je connaisse.

— Tu me hais?»

Elle aurait voulu répondre:

«Oui!»

Mais elle craignait de dire:

«Je te désire tant!»

Elle réussit à proférer:

«Tu joues avec mes nerfs!»

Il se pencha vers elle et vite, comme s'il appréhendait une gifle, il l'embrassa sur les lèvres. Elle resta de glace, de peur qu'il recule si elle essayait de l'enlacer. Il rit doucement, visiblement amusé de la voir si crispée. Elle feignit de ne pas se rendre compte de sa cruauté et partit. Sur le chemin du retour, elle songea:

«Il se réserve pour la poule qui va s'amener dès que je serai rendue à Saint-Félicien. Je gage qu'il est au téléphone en ce moment.»

Elle ne put s'empêcher, vers huit heures du soir, de l'appeler. Elle fut surprise de constater qu'il ne se hâtait pas de terminer la conversation. Au contraire, il se remit à flirter avec elle utilisant cette voix fiévreuse qu'il prenait avec les femmes lorsqu'il était sûr que ses propos n'auraient pas de conséquences:

«Je ne t'ai jamais vue aussi jolie, aussi désirable. Tu ressemblais à une divinité dans son décor naturel.»

Elle feignit l'indifférence. Il l'entendit à peine soupirer une fois et redoubla de charme.

En raccrochant, elle conclut:

«Il est seul sans doute parce qu'il a reçu une femme mariée après mon départ. Elle est allée faire son petit tour, puis elle est rentrée chez elle. Est-elle plus belle que moi?»

Elle n'osa s'avouer ce qui la tracassait le plus:

«Plus jeune?»

Elle s'approcha de son miroir, essaya une pose et un sourire séducteurs, puis soupira, déçue, et s'allongea sur le lit, un livre à la main.

«Pourquoi m'agace-t-il pour me repousser quand il pourrait me serrer dans ses bras?»

Elle ne sut quoi répondre, sinon:

«Le sadique!»

Elle ferma le livre dont les lignes s'estompaient à travers ses larmes.

«Il me le paiera! se jura-t-elle. Il ne sait pas de quoi je suis capable et mon époux n'est plus là pour le lui dire. Je l'aurai; je me ferai aimer de lui et, ensuite, je le lâcherai. Ça fait trop longtemps que je souffre à cause de lui et, aujourd'hui, il a dépassé les bornes. Un jour, ce sera son tour, quel que soit le prix que je doive en payer!»

4

Une dizaine de jours après la visite de Denise, lorsque Georges stationna sa voiture devant le chalet, il fut accueilli par de vifs aboiements. Il baissa la vitre pour mieux entendre. Les bruits venaient d'en arrière. Il attendit, certain que l'animal s'approcherait ou qu'il prendrait la fuite. Il laissa la bête aboyer quelques minutes, mais elle ne se montrait toujours pas, comme si elle était attachée. Les cris s'amplifièrent, aigus, impatients. En écoutant avec une attention accrue, Georges discerna des bruits nouveaux: la bête marchait nerveusement; ses pas résonnaient sur un plancher de bois. Le bruit cessait brusquement pour faire place à de sourdes vibrations, celles d'une clôture ferme mais flexible qu'on ébranle violemment et qui reprend sa place. Intrigué, à moitié rassuré parce que l'animal était limité dans ses mouvements, Georges descendit de l'auto.

Le soleil était couché depuis plus de deux heures. La lumière bleutée qui tombait des étoiles et de la lune se reflétait discrètement sur la mince couche de neige qui, depuis la veille, recouvrait le sol. Le notaire fut surpris de voir de nombreuses empreintes de souliers d'hommes.

À mesure que Georges approchait, l'animal aboyait avec une impatience croissante. Soudain, l'homme découvrit quelque chose qui le figea: dans un enclos de six mètres sur quatre, une bête sombre se tenait debout contre une clôture d'au moins un mètre quatre-vingts de haut. Les yeux de Georges s'étant mieux adaptés à l'obscurité, il identifia un labrador de forte taille. Au milieu de ce parc, il vit une niche posée sur un plancher de bois recouvert d'une peinture sombre. Il tâta le treillis fixé à des madriers bien équarris, fraîchement peints, et passa l'index entre les mailles. La bête gémit et lui lécha le bout du doigt.

«Je ne rêve pas?» se demanda l'homme.

Il ouvrit la porte de l'enclos. En entrant, il posa le pied sur une écuelle vide, en aluminium. Elle roula avec un bruit mat. Le chien s'approcha de Georges en branlant la queue avec une telle force que son postérieur en frétillait. Il poussait de courts gémissements. Il lécha les mains du notaire puis se mit debout pour passer sa langue sur le visage de son nouveau maître, mais il ne réussit pas à l'atteindre.

«Tout doux, tout doux!» lui répéta Georges, et il prit la tête du chien entre ses mains.

La bête, se sentant acceptée, cherchait à enfoncer son museau dans le manteau de l'homme qui prodiguait ses caresses sans cesser de parler avec douceur.

«Bon chien, bon chien... Mais veux-tu bien me dire d'où tu viens?... Qui a installé ce parc? Combien de bras a-t-il fallu pour monter ça en un jour?»

Le chien colla sa tête, puis son encolure et son poitrail contre le corps de Georges. Ses pattes de devant se pressèrent contre les flancs de l'homme.

«C'est bien, je te garde, va, je te garde», le rassura-t-il.

Il déposa l'animal sur le plancher et sortit de l'enclos.

«Où donc vont ces pistes?» voulut-il savoir en suivant de larges traces de pneus sur la neige.

La terre avait été fortement remuée entre le chalet et la rivière. La petite cabane qui renfermait la pompe à eau avait disparu.

«Est-ce que c'est Denise qui m'a joué ce tour-là?» se demanda Georges.

Il se dirigea vers l'entrée du chalet. Un sac de nourriture sèche était appuyé contre le mur, tout près de la porte.

Il pénétra, se rendit à l'évier et ouvrit le robinet: l'eau coula avec une force toute nouvelle.

«Mais où est donc la pompe?» se demanda-t-il.

Il souleva la trappe qui se trouvait en face de la salle de bains: une ampoule récemment installée éclairait une pompe à eau neuve et d'assez grande dimension qui ronronnait doucement. Elle reposait sur une plate-forme en bois, à l'abri des inondations saisonnières.

«Ce n'est pas possible! s'exclama Georges. Comment ont-ils fait pour entrer sans avoir la clé du chalet?»

Il appela Denise. Elle feignait l'étonnement à mesure qu'il parlait et, lorsqu'il lui demanda si elle connaissait l'auteur de cette surprise, elle répondit:

«Ça doit être la fée des neiges!»

Il insista. Elle finit par avouer:

«C'est moi.

— Pourquoi as-tu fait ça?

— Parce que je te déteste, je suppose.

— C'est merveilleux. Merci infiniment. Combien est-ce que tout ça t'a coûté?

— Pourquoi veux-tu le savoir?

— Pour te rembourser, tiens!

— Qui t'a demandé de me rembourser?

— Tu ne t'imagines pas que je vais accepter un tel cadeau?»

Elle ne répondit pas tout de suite puis, d'un ton douloureux:

«J'ai été assez stupide pour croire que tu ne m'insulterais pas. Je me suis trompée.»

Les deux gardèrent le silence. Denise espérait qu'il mettrait de côté sa fierté et qu'il la récompenserait juste avec un mot de tendresse. Georges était assis sur son lit, penché par en avant. Le téléphone à la main droite, il regardait le plancher. Sous ses yeux flottait le visage un peu triste de la femme, les lèvres légèrement écartées. D'une voix entrecoupée par l'émotion, il se mit à parler:

«Je suis confus. Je ne sais pas comment réagir en ce moment. C'est tellement nouveau dans ma vie! Je crois que, du moins jusqu'à ce jour, personne ne m'a vraiment aimé sauf, peut-être ma mère, encore que, souvent, il m'arrive de penser que, pour elle, je ne suis qu'un objet qu'elle entretient pour sa gloire personnelle.

— Et tes sœurs?

— Oh! Avec elles, j'ai toujours eu l'impression de donner sans recevoir. Pour elles, j'ai remplacé mon père mort prématurément et ma mère qui les a toujours traitées avec un sens du devoir qui se passait d'amour véritable.»

Il s'arrêta, le cœur serré.

«Elle mérite au moins que je lui dise la vérité», décida-t-il.

Mais de crainte qu'elle le rejette, il se mit à fabuler.

«Je me suis fait une réputation de tombeur avec des filles faciles. Ma vie n'a été qu'une interminable succession de solitude et de désirs que je ne me permettais jamais de réaliser. Comment expliquer, autrement, mon attitude lors de ta visite au chalet? Combien de fois ai-je imaginé l'instant où je serais seul avec toi? L'ardeur que je mettrais à te convaincre de ma passion? Et qu'ai-je fait, samedi, lorsque ce que je souhaitais tellement s'est produit? Je n'ai même pas osé te toucher ni seulement te prendre la main. Si tu savais combien j'en avais envie! Pourquoi me l'interdisais-je? Je n'ai retrouvé un peu de courage qu'au moment de ton départ pour risquer un baiser à la sauvette.»

Sans bien s'en rendre compte, il mélangeait le faux et le vrai.

«Pourquoi suis-je incapable d'aimer avec mon corps, l'être que j'aime avec mes sentiments? Quel préjugé idiot m'empêche de fusionner sexualité et amour? Seras-tu celle qui m'aidera à surmonter cet obstacle ou passerai-je le reste de ma vie à ne connaître que des aventures sans amour? Si tu savais, Denise, combien je t'aime! Quand pourrai-je te dire avec mon corps ce que je te dis si facilement avec des mots?»

Les yeux mi-clos, elle écoutait. Elle s'était appuyée contre la tête du lit. Elle était convaincue qu'il lui débitait des rengaines réchauffées pour chaque nouvelle conquête. Pourtant, ses mots et le ton passionné de sa voix l'enivraient. Aussi fut-elle déçue, comme à la fin d'un beau rêve, lorsqu'il lui demanda brusquement:

«Comment as-tu fait pour t'introduire au chalet sans briser quoi que ce soit?»

Il la félicita pour ses talents de comédienne, avouant qu'il l'avait vraiment crue lorsqu'elle avait prétendu se rendre au village acheter des cigarettes. Dès son retour à Saint-Félicien, elle avait appelé des hommes de métier. On lui assura que même si le sol était gelé en surface, une pelle mécanique puissante y creuserait facilement un canal qui permettrait d'enfouir profondément un tuyau d'assez fort calibre reliant la rivière à la pompe. Recouvert d'isolant, il resterait perméable durant les froids les plus intenses. Elle s'était procuré le chien au Refuge Animal. Le propriétaire lui suggérait un labrador, autant pour ses qualités cynégétiques que comme bête de compagnie. Il en possédait un que ses anciens maîtres avaient ramené deux jours plus tôt parce qu'un de leurs enfants était allergique au poil du chien. Il avait neuf mois et s'appelait Charlot. Le parc avait été mis en chantier au début de la semaine et peint avant le transport. Il ne restait qu'à fixer les pièces préfabriquées, ce qui avait pris quelques heures à des hommes expérimentés. Comme Georges trouvait excessive la hauteur de la clôture, elle lui avait rappelé qu'il fallait prévoir l'accumulation de neige, un mètre et davantage.

«Il y a tant de choses à faire encore! ajouta Denise. Tu vis dans les restes de l'ancien propriétaire. Tout doit être jeté, mon pauvre chéri!»

Elle s'arrêta, surprise, peut-être, par le mot qu'elle venait de prononcer. Georges sentit un coup au cœur.

«Tu m'aimes?» demanda-t-il d'une voix tremblante.

Elle continua à se taire. Il insista:

«Dis-le-moi, je t'en supplie!

— Est-ce que mes gestes ne parlent pas pour moi?»

Ils changèrent plusieurs fois de main car ils commençaient à se sentir fatigués à force de tenir le téléphone. Denise promit de retourner le voir le samedi suivant.

«Je n'ai plus d'enfant, précisa-t-elle; mon plus jeune est dans la vingtaine et découche quand il veut.»

Juste avant de raccrocher, elle pria Georges de ne rien dire à Myriam.

«Je ne voudrais jamais qu'elle devine que je ne la fréquentais que pour te voir», ajouta-t-elle.

Georges était trop surpris pour proférer un seul mot. Elle lui demanda:

«Ça t'étonne?

— Je n'ose y croire.

— Tu penses que j'invente?

— Ce n'est pas ce que j'ai voulu dire, mais imaginer que j'avais autant d'importance pour toi...

— Plus que de l'importance. Je t'adorais alors que je te repoussais.»

5

Georges s'endormit peu de temps après avoir raccroché. Très tôt, il se réveilla pour se rendre à la toilette. À son retour, il écarta les rideaux de la chambre et regarda à l'extérieur: il neigeait. Les flocons traversaient le faisceau lumineux qui tombait d'un petit projecteur installé au sommet du hangar en arrière du chalet. Ils disparaissaient après avoir tourbillonné. Georges fit glisser la fenêtre coulissante; quelques paillettes vinrent lui lécher le visage; d'autres baisèrent ses lèvres. Le vent hululait. Un immense tapis doux, velouté, immaculé recouvrait déjà le sol. Les arbres semblaient reprendre vie avec la neige qui se collait sur la face nord des troncs et des branches dénudées.

Charlot dormait en rond, le museau appuyé sur la queue, la tête entre les pattes. La veille, Georges avait pris le temps de mieux connaître son compagnon. C'était un chien vif, extrêmement affectueux. Tout noir, on le distinguait à peine, au fond de sa niche qui restait ouverte. Il fallait éviter de le caresser car cela l'excitait trop. Un mot gentil suffisait pour le récompenser.

En regardant tomber la neige, Georges se demandait:

«Est-ce que ce vent tournera en tempête? Si les chemins sont obstrués, Denise ne pourra pas venir. Je ferais bien de m'acheter une motoneige: en pleine forêt, ce n'est pas un luxe, mais peut-être le seul moyen de sortir d'ici par mauvais temps.»

Il se rendormit sans peine et se mit à rêver:

Mai fleurissait. Les arbres se pavanaient. Chacun vantait sa parure:

«Mes feuilles chantent comme des grelots, disait le tremble.

— Les miennes sont d'un vert si délicat! rétorquait le bouleau et, comme des mains d'enfants, elles se tendent vers le ciel pour louer la venue du printemps.

— Soit, admit le saule pleureur, mais elles ne peuvent rivaliser avec les miennes, si fines, si douces! Montées sur des branches souples, elles tombent jusqu'à mes pieds comme un manteau royal. Tous les yeux se tournent vers moi lorsque je valse, porté par un vent léger.»

Autour du chalet, le gazon était piqué de marguerites d'une blancheur immaculée; d'autres ressemblaient à des soleils aux rayons d'or. Les rats musqués traversaient la rivière avec des brindilles sèches entre les dents; les castors frappaient l'eau avec leur large queue. Des volées de canards sauvages remontaient vers le nord en criant. Les gros becs errants cherchaient une pitance autour du chalet.

Âgé de dix-huit ans, rempli d'espoir et de candeur, Georges commençait ses études de notariat. Charlot gambadait autour de lui, avançant difficilement dans un chemin jonché d'arbres morts. Des deux côtés, des épinettes maigres les regardaient passer. Des rubans de mousse verte ou jaune s'accrochaient à leurs branches flétries; ils s'entrelaçaient par-dessus la tête de Georges. Il n'avait pas fait un kilomètre qu'il vit son père, un fusil à chaque main. Ils se sourirent sans échanger un mot. Georges accepta l'arme que Romuald lui offrit. Charlot frétillait de la queue, la bouche ouverte, la respiration haletante. N'en tenant plus, il poussa quelques aboiements puis s'élança sous le couvert des arbres en dessinant des lacets d'une symétrie parfaite. Soudain, il se pétrifia, pointant une perdrix. Georges leva son fusil mais, d'un geste vif, Romuald l'arrêta:

«Non, c'est moi qui vais la descendre», dit-il.

Il tint le fusil à bout de bras, appuyé contre ses cuisses et cria:

«Vole donc, que je voie ça!»

L'oiseau partit comme une flèche. Romuald épaula et tira. Il foudroya la perdrix. Dans un tourbillon de plumes, elle tomba, les ailes fracassées. Georges et son père s'approchèrent. C'était Myriam. Elle gisait sur la mousse humide. Elle était nue, le visage tordu dans une grimace odieuse, un trou sanglant à la place du cœur. Romuald mit un pied sur le ventre de sa femme et poursuivit sa marche. Indifférent, Georges enjamba le cadavre.

À peine cent mètres plus loin, ils parvinrent au bord d'une rivière. En aval, parmi les nénuphars et les joncs, un orignal s'abreuvait. Il portait les lunettes à bordure d'or de Jean Dutrissac. L'eau lui arrivait à mi-jambes. Romuald ordonna à son fils:

«Descends-le.»

Georges remplaça ses cartouches par des balles. Il visa au-dessus de la tête, entre les deux branches du panache et tira un premier coup. La bête le regarda et, d'un ton sarcastique, demanda:

«Ça ne va pas non, mon petit Georges?»

Pour toute réponse, le jeune homme appuya une seconde fois sur la détente. La balle arracha les testicules de l'animal qui hurla:

«Maudit fou!»

L'orignal se sauva en direction du rivage. Georges l'abattit en pleine course d'une balle au cœur. En tombant, la bête râla:

«Oh! Comme je te hais, Georges!

— Je t'ai eu, Jean! hurla le jeune homme. Je t'ai eu!»

Georges leva la main droite en faisant le signe de la victoire avec l'index et le majeur. Son père vint le rejoindre. Ils s'étreignirent avec force.

Charlot attendait, le souffle court, la gueule ouverte, ravi de les voir enlacés. Quand les deux hommes se séparèrent, le chien demanda:

«Est-ce que je le ramasse?

— Laisse faire, répondit Georges. On ne prend pas la charogne!»

Ils se remirent en route. Charlot s'activa davantage, mais, au bout de cinq minutes, il se figea de nouveau, l'oreille aux aguets. Les hommes l'imitèrent. Ils entendirent un pas feutré puis, au bout du chemin, ils distinguèrent, à travers la brume légère, une silhouette gracieuse. Le sentier se changea en une immense nef recouverte d'un luxueux tapis rouge et or. Les épinettes s'inclinèrent doucement et devinrent les arcs-boutants d'une gigantesque cathédrale. Les oiseaux carillonnèrent des chants d'allégresse. Denise parut enfin. Vêtue d'une robe blanche à traîne, elle avançait, tenant dans les bras une grande gerbe de fleurs sauvages. Georges, en smoking, alla à sa rencontre. Son père suivait, habillé pour la circonstance. Charlot fermait la marche. Comme il ouvrait les bras pour enlacer Denise, le bruit d'une pelle mécanique réveilla le notaire. La neige avait cessé de tomber. Sous son poids, les branches pliaient lourdement.

Georges s'habilla et sortit. Dans la cour, le conducteur se présenta:

«Édouard Lemay.

— Georges Maynard mais...

— Je suis le propriétaire de la scierie qui est à un mille d'ici. Madame Dumont m'a engagé, il y a deux jours, pour entretenir le chemin durant l'hiver...

— Ah, bon!

— Vous feriez mieux de rentrer, monsieur Maynard. Vous n'êtes pas habillé pour ce froid, lui conseilla monsieur Lemay.

— Merci. Est-ce que la grande route est libre?

— Depuis sept heures, ce matin.»

Distrait, Georges regarda son poignet. Il n'avait pas de montre. Monsieur Lemay jeta un coup d'œil sur la sienne.

«Huit heures, lui dit-il.

— Merci.»

Georges rentra au chalet.

Denise conduisit prudemment en se rendant de Saint-Félicien à Saint-François-de-Sales, non que la chaussée fût particulièrement glissante ou la visibilité mauvaise, mais parce que, impatiente de serrer Georges dans ses bras, elle se sentait peu maîtresse de ses réflexes. En outre, elle craignait de tomber dans un de ces fossés bordant la route que l'on ne repère plus lorsqu'ils se remplissent après une abondante chute de neige.

Au bout d'une heure et demie, elle arriva devant le chalet. Elle remonta lentement l'allée sinueuse. Lorsqu'elle descendit de voiture, elle s'immobilisa un instant, jetant un regard circulaire sur le paysage d'une beauté de rêve. Avant de fermer la portière, elle prit un sac en plastique puis se dirigea vers le chalet. Alors qu'elle mourait d'envie d'étreindre Georges, de se perdre en lui, elle se contraignit à marcher calmement, avec un visage qui ne trahissait ni sa joie ni son impatience.

«Ce serait trop bête de me jeter dans ses bras, songea-t-elle, à la dernière minute. Je ne suis plus une écolière. Je vais le faire languir. Il appréciera davantage le don de mon corps.»

Elle sourit, amusée à l'idée de jouer la comédie.
Derrière une fenêtre, Georges la regardait. Dans
cette blancheur, entourée de sapins emmitouflés de
neige, avec son long manteau de renard argenté et son
sac à la main, elle ressemblait tellement à la mariée de
son rêve, avançant lentement, tenant une gerbe de
fleurs sauvages!

«Ma fée, mon espoir!» songea-t-il.

Aussitôt, le visage de sa mère se projeta devant lui.
Ses yeux le fixèrent, réprobateurs.

«Tu es morte à présent! Tu ne te mettras plus entre
la femme et moi!» murmura-t-il.

Il ouvrit. Denise pénétra. Un petit rire fusait de ses
lèvres et montait jusqu'à ses yeux espiègles. Georges
poussa la porte et enlaça la femme.

«Enfin!» soupira-t-il en l'écrasant contre son buste.

Elle se raidit, les bras ballants, fuyant le bassin de
l'homme.

«Mais quelles sont ces manières, Monsieur? lui
reprocha-t-elle d'un ton scandalisé, s'écartant tout à fait
de lui. Permettez au moins que j'ôte mon manteau.»

Le sang se retira du visage de Georges. Un frisson
léger parcourut ses mâchoires.

Denise mit le sac sur la table. Elle sourit, se cambra
légèrement et, comme une vedette qui fait une an-
nonce à la télévision, elle exhiba sa marchandise, déclamant:

«Une cafetière, une vraie, pour remplacer celle que tu as héritée de l'ancien propriétaire. Une tasse pour Monsieur! Une tasse pour Madame!»

Un sourire trembla sur les lèvres de Georges.

Denise posa avec ostentation ses cadeaux sur la table puis ôta son bonnet et son manteau. Son corps parut moulé dans un corsage en soie et un pantalon en lainage blancs. Elle portait des bottes noires. Elle se dirigea vers la chambre d'hôtes, étendit sa fourrure sur le lit. Lorsqu'elle se retourna, Georges l'entoura de ses bras mais elle le repoussa de nouveau et, d'une voix sèche, elle le cingla:

«Allons, allons! Du calme, Monsieur! Me prenez-vous pour une de ces femmes que vous sautez au pas de la porte? Peut-on, au moins, essayer la cafetière avant de se faire tripoter... en admettant que j'y consente?»

Elle se dirigea vers les ustensiles, mais Georges, persuadé qu'elle voulait le narguer après lui avoir donné tant d'espoir, la saisit par le poignet et la tira brutalement vers lui.

«As-tu fini tes singeries?» cria-t-il, affolé de se sentir rejeté.

Elle s'écarta sans s'éloigner car il ne lâchait pas. Prise à son propre jeu, elle continua à jouer la comédie.

«Mais quel est ce langage! s'indigna-t-elle.

— Te prends-tu pour ma mère? hurla Georges, perdant toute mesure. Ma mère est morte, entends-tu? Et je ne veux pas qu'elle ressuscite!»

Il l'empoigna par les épaules et, inconscient de ses gestes, il la secoua. Il tempêtait, ivre de douleur et de rage.

«J'ai enduré tes caprices toute la semaine: la pompe, le chien, le déneigement et le reste. Maintenant, c'est fini, comprends-tu?»

Il la poussa violemment. Elle tomba sur le plancher et glissa sur le linoléum avec un «Oh!» où la surprise l'emportait sur la douleur.

Il l'enjamba. Il était bouleversé au point que, lorsqu'il passa au-dessus d'elle, Denise reconnut à peine son visage. Il saisit la cafetière et la lança contre le poêle en criant:

«Ma mère m'a inondé de cadeaux pour, ensuite, me les reprocher chaque jour. J'ai plié devant elle; toute ma vie, j'ai tremblé devant les femmes. Aujourd'hui, c'est fini! C'est fini, entends-tu?»

En une seconde, son existence, depuis son adolescence chargée de honte jusqu'à sa dernière conversation avec Myriam, défila devant ses yeux. Comment sa mère avait-elle pu deviner? Elle savait tout, même la vraie nature de sa relation avec Dutrissac. Ils s'étaient aimés avec une passion qui s'éteignit le jour où, comme cela s'était produit avec le frère Cléophas, Georges l'avait surpris dans les bras d'un autre. Il n'avait pas réussi pourtant à rompre tout à fait avec Dutrissac. Après une brève interruption, leur liaison avait subsisté sous forme d'un amour platonique maladif. Presque chaque week-end, Georges rencontrait Jean à Saint-Fulgence. Il se comportait comme un domestique. Pour tout salaire, il ne recevait que des reproches. Périodiquement, il s'offrait du bon temps dans des stations estivales fréquentées par les gais ou se rendait à Montréal. Dans ses chasses à l'homme, il faisait preuve d'une énergie incroyable; dans la même soirée, il racolait plusieurs partenaires. Il sortait de ses orgies épuisé mais jamais calmé et encore plus dégoûté de lui-même. Il pleurait en revenant au Lac-Saint-Jean. Il essayait de se consoler dans un rêve impossible: trouver un jour une femme qui mettrait fin à la malédiction dont le destin l'accablait. Il avait tellement honte de sa condition d'homosexuel que, pour la cacher, il se donnait un mal fou à jouer les tombeurs. Depuis deux ans, il agaçait Denise tout en craignant qu'elle ne le prenne au sérieux. Avec les autres femmes, il avait fui au moment crucial. Mais d'elle, il espérait le salut. Sans trop se l'avouer, il avait acheté le chalet pour rompre avec Dutrissac, se libérer de sa mère et recevoir Denise. Lorsqu'elle était descendue de voiture, quelques minutes plus tôt, il avait cru que son rêve devenait réalité. Et, à présent, elle le narguait; elle voulait l'abandonner dans son enfer, son existence de honte et de mensonges. Il jeta un regard sur la femme écroulée à ses pieds. Il se dit qu'elle ne valait pas mieux que les gais qu'il méprisait, les épaves qu'il racolait dans les saunas de Montréal.

Lorsqu'il leva la tête et vit les tasses qu'elle avait apportées, il les saisit et déclama à son tour:

«Une tasse pour Monsieur!» Il la lança contre une cloison.

«Une tasse pour Madame!» Elle prit le même chemin.

Sa rage lui donnait un sentiment de toute-puissance. Il ordonna:

«Lève-toi!»

Elle ne bougea pas.

Georges la fixait mais ne la voyait pas. À sa place, gisait Éric Delisle, l'adolescent qui lui avait ravi le frère Cléophas.

«Tu ne te relèveras pas, hein, grogna-t-il. On va voir ça!»

Il se baissa et la saisit sous les bras avec aussi peu de ménagement que si elle était une botte de foin.

Georges s'était vengé du frère Cléophas en séduisant Éric. Il l'avait ensuite amené au chalet des Delisle. Là, il l'avait bestialement pénétré puis battu jusqu'à ce qu'il perde conscience. La rage qu'il ressentait devant Denise le troublait à un tel point, il la confondait tellement avec Éric qu'en s'adressant à la femme, il utilisait le masculin sans s'en rendre compte:

«Tu veux rire de moi, hein, salaud? Tu veux rire de moi, mon maudit? grinça-t-il, le visage collé à celui de Denise qu'il entraîna jusqu'au mur placé du côté de la porte.

— Ce n'était qu'une plaisanterie! protesta-t-elle, craintive.

— Je vais t'en foutre, moi, des plaisanteries!» répliqua Georges, tremblant de rage.

Il l'accula à la cloison. Il hésita un instant comme si les traits du visage de la personne qu'il malmenait avaient cessé d'être ceux d'Éric et lui rappelaient ceux d'une femme. Pour chasser la peur qui montait en lui, l'horreur d'insulter, de frapper, de prendre une femme, il cria:

«Non!»

La haine l'aveugla de nouveau et il ne vit plus que le visage terrorisé d'une de ces loques qu'il ramassait dans les bars gais de Montréal. Brutalement, il lui prit les lèvres.

«Non! Non! gémit Denise.

— Et toi? Arrêteras-tu de rire de moi? hurla l'homme en la cognant deux fois contre le mur.

— Tu me fais mal! Oh, tu me fais mal!» se plaignit la femme.

Mais Georges n'entendait que la voix d'Éric lui demandant grâce. La souffrance de son rival l'excitait encore plus.

«Salaud! Traître!» cria-t-il en appliquant une gifle sur la joue de Denise.

Les grands yeux verts pailletés de brun vacillèrent, incrédules. La joue se couvrit aussitôt d'une rougeur uniforme et s'enfla.

«Salaud!» protesta-t-elle d'une voix tremblante.

Il saisit la pointe du sein gauche entre ses lèvres et se mit à sucer. Elle leva le genou pour se défendre mais le frappa avec retenue. Avec ses mains, elle tambourinait sur les épaules de l'homme qui ne sentait rien. Il s'attaqua au pantalon. Il ouvrit la boucle de la ceinture sans lâcher le sein qui remplissait sa bouche.

«Ôte-toi de là, salaud! cria-t-elle d'une voix presque hésitante. Ôte-toi, je t'en prie!»

La scène lui semblait irréelle. Elle avait l'impression de vivre un rêve, ou plutôt d'assister à un film où une autre qu'elle subissait un viol. Malgré ses cris, elle suivait l'épisode avec intérêt, partagée entre un soupçon de peur, une grande curiosité et le vague désir d'être prise sans avoir à porter le poids du consentement ni à rougir d'un instant de faiblesse.

Brutalement, il baissa le pantalon jusqu'aux genoux, emportant le slip.

«Cochon! Tu me le paieras! cria Denise de cette voix aussi indécise que ses coups. Tu me le paieras, maudit salaud!»

Elle poussa un «Oh!» étouffé et surpris lorsque la bouche de Georges se colla à sa partie la plus intime. Puis, elle se figea comme si elle craignait d'écarter les lèvres et la langue qui se promenaient sur elle.

Brusquement, il se redressa, la souleva et l'emporta dans sa chambre en la serrant contre sa poitrine tandis qu'elle lançait des coups de pieds qui n'atteignaient pas la cible. Elle ne cessait de protester:

«Non! Non! Laisse-moi! Laisse-moi!»

Il la jeta sur le matelas, à plat ventre. Il s'assit sur les genoux de la femme, l'immobilisa en appliquant une main sur ses fesses tandis qu'avec l'autre, il ouvrit sa propre braguette. Elle suppliait sans pouvoir s'échapper. Lorsqu'il fut prêt, il l'attira vers lui en l'agrippant par les hanches; il la mit à genoux, le visage enfoncé dans le matelas. Pour respirer, elle s'appuya sur les avant-bras. Il la pénétra d'un seul coup glissant dans une cavité accueillante, humide et chaude. Elle poussa un cri rauque, chargé de surprise, de désir et d'un reste de pudeur:

«Non!»

Il la prit avec force, dans une position qui lui donnait l'illusion d'utiliser, une fois de plus, un gai pour son plaisir.

Elle cessa rapidement de se débattre. Ses protestations: «Salaud! Arrête! Oh, salaud! Tu me le paieras! Je te hais! Débarque!» faiblirent. Un «Non!... Non!...» monotone, quasi soupiré le remplaça.

Puis, elle se tut un instant avant de commencer à gémir:

«Ah!... Ah!...»

La peau des fesses de Denise devint aussi brûlante que la cavité que Georges pénétrait à coups redoublés. Une rougeur de plus en plus intense envahit son épiderme puis une mince pellicule de sueur le recouvrit tandis que tout son corps exhalait une senteur de musc. Elle se mit à pleurer avec retenue d'abord puis à sangloter avec une violence croissante. Elle tremblait alors que Georges, les mains agrippées aux hanches moites, la prenait.

Les plaintes de la femme et le cri déchirant du mâle

gavé se confondirent lorsque la cavité se remplit d'une vague tiède qui vida l'homme. Un instant, il demeura sur les genoux tandis que faiblissaient les sanglots de Denise. Puis, ne faisant qu'un avec elle, il s'écroula sur le côté. Elle continua à pleurer doucement.

Lorsque, ayant retrouvé ses esprits, il reconnut le corps d'une femme étendu le long du sien, soudé à lui par cet appendice qui l'avait uni à tant d'hommes, Georges se demanda comment une telle chose avait pu se produire. Denise ne le fuyait pas. Il réalisa vaguement que le miracle avait eu lieu mais, loin de se sentir racheté, il comprit l'horreur de sa conduite et se crut irrémédiablement perdu. Il gémit:

«Oh! Je suis un monstre! Comment ai-je pu faire une telle chose?»

Pour toute réponse, Denise serra contre son sein la main de l'homme et d'une voix faible, presque gênée, elle laissa échapper de ses lèvres tuméfiées par la gifle:

«Idiot! Tu veux donc tout gâcher? C'est la première fois que je jouis par la pénétration. J'attendais cet instant depuis plus de vingt ans. Oh! Merci, mon amour!»

Georges tressaillit. Dans un geste de gratitude, il étreignit doucement le sein que Denise lui avait placé dans la main. Puis, se sentant indigne de la caresser, il desserra les doigts. Craignant qu'il ne l'abandonne tout à fait, elle retint la main de l'homme sur sa poitrine; en même temps, par une poussée, elle s'encastra davantage dans le creux aménagé entre les cuisses et le ventre de Georges. Prisonnier de cette étreinte où la sueur de son corps se confondait avec celle de la femme, il soupira, forcé de recevoir cet amour qu'il ne méritait pas. Mais, incapable de comprendre qu'elle ne lui reprochât pas sa brutalité, il demanda:

«Comment peux-tu me pardonner les larmes que je t'ai fait verser?»

La gorge nouée, il acheva:

«Tu pleurais à en mourir.»

Elle répondit avec douceur, presque avec honte:

«Tu ne peux pas comprendre. Moi non plus d'ailleurs. Il faut l'avoir vécu. Alors, on l'admet sans se poser de question. C'était tellement fort, chéri, si insupportable que j'en poussais des cris de douleur et de plaisir à la fois. On se connaît si peu! J'ai toujours cru que j'étais une femme fière. Je n'avais jamais plié devant un homme. Pourtant, c'est contrainte, violée, à quatre pattes devant toi que, pour la première fois de ma vie, j'ai senti des vagues effrayantes de jouissance me traverser le corps.»

Elle s'arrêta, ferma les yeux pour goûter encore cette insoutenable volupté. Puis, avec un mépris évident, elle poursuivit:

«Mon mari m'a fait souffrir davantage avec son respect... Son respect!... De l'impuissance! Au mieux, une précipitation qui ne servait qu'à me souiller sans m'apporter le moindre plaisir! Il n'avait du temps que pour le travail. Je devais quêter pour avoir des relations, espérant une jouissance qui ne vint jamais... jamais de toute ma vie, avant cet instant!...»

Elle ajouta, après un court silence:

«J'en ai honte, tu sais...»

Elle caressa la main de Georges captive de son sein. Puis elle la porta à ses lèvres. Ensuite, elle se retourna vers l'homme et chercha sa main droite.

«C'est celle-là que je veux, précisa-t-elle, celle qui m'a giflée.»

Elle la prit, la regarda, un sourire aux lèvres, puis elle l'embrassa, les yeux fermés. D'une voix douce et lente, comme si elle récitait un poème, elle dit en passant cette main sur son visage:

«Une gifle que je sens encore, une joue enflée, des lèvres un peu grosses; demain, une tache bleue qui m'obligera à passer le dimanche avec toi...»

Elle ne bougeait pas, les lèvres sur le dos de la main de Georges. Comme il continuait à se taire, elle demanda, inquiète:

«Tu n'en attends pas une autre?

— Si tu savais, mon amour, à quel point je suis un homme seul! répondit Georges.

— Ne me conte pas d'histoires si tu veux qu'on s'entende, trancha Denise.

— Crois ce que tu veux. Je suis le plus grand tombeur du Lac-Saint-Jean mais je te jure que je donnerai congé à mon harem pour ne garder que toi.

— Des promesses!...

— Demain et après-demain, je l'espère, tu seras ici; je t'attendrai mardi et les jours suivants. Tu verras alors que toutes mes maîtresses se dissiperont comme le brouillard sur la rivière qui passe en face du chalet.

— Je te plains! Tu viens de signer un terrible contrat. Tu m'auras chaque soir. N'oublie pas que je possède déjà ma propre clé.

— Garde-la», concéda Georges.

Pour le remercier, elle déposa un baiser léger sur ses lèvres. Elle resta accoudée, penchée au-dessus de lui, à le contempler, sans cesser de sourire.

«Tu es affreuse avec cette joue enflée, la plaignit Georges. C'est mon œuvre. Je suis un monstre!»

Des larmes montèrent à ses yeux. Elle posa ses lèvres sur lui pour boire le liquide salé qui s'échappait des paupières closes. Puis, elle lui dit:

«Tu ne m'aimes pas. C'est pour ça que tu pleures!

— Comment peux-tu dire ça?

— Si tu m'aimais vraiment, expliqua Denise, tu ne regretterais pas ton geste, ta fierté d'homme civilisé blessée par ton comportement de brute. Il fallait, sans doute que tu perdes la tête pour surmonter ce respect qui t'empêchait de me posséder.»

Elle se tut puis ajouta d'une voix canaille:

«Et là, tu t'es surpassé!»

Elle caressa son visage et descendit lentement sa main le long de son corps pour la déposer sur le pénis endormi dans la fente de la braguette ouverte.

«Lui aussi!» ajouta-t-elle.

Elle remercia cet acolyte d'un baiser. Ensuite, elle lui parla:

«Un héros, ce petit, un vrai brave! Comment va-t-on l'appeler?»

Elle réfléchit un instant:

«La Terre Promise, c'est grâce à lui que je l'ai connue!»

Elle se coucha sur Georges de manière que ses lèvres frôlassent ce petit héros. Elle lui chuchota:

«Moïse, mon petit Moïse, c'est ton nom, mon chéri. Tu le mérites bien, va!»

Elle l'embrassa encore et, ne voulant pas s'en séparer, elle lui trouva un abri au creux de sa bouche. Elle ferma les yeux. Moïse Maynard se réveilla. Lorsqu'il atteignit une grandeur respectable, elle l'abandonna pour ôter les souliers et le pantalon de Georges puis, elle se mit nue. Ils confondirent leurs corps avec force et douceur, face à face, se chuchotant des mots d'amour et se caressant comme des aveugles qui se parlent avec les mains. Ils s'assoupirent ensuite, enlacés.

Une demi-heure plus tard, ils se contemplaient de nouveau.

«Tu sais à quoi je pense?» demanda Georges.

Elle répondit d'un ton fort sérieux:

«À te faire ériger un piédestal à Saint-Félicien pour avoir fait connaître les délices du ciel à une femme frigide!»

Il sourit.

«Non, une tasse de café ne me ferait pas de tort en ce moment et...

— Allons, l'interrompit Denise, ta petite cafetière fera encore l'affaire pour deux jours.

— Et lundi, je m'en achèterai une comme celle que...

— Si tu avais l'humilité, cette fois-ci, d'accepter que ce soit moi qui la paye? supplia la veuve. Tu prouverais, au moins, que tu regrettes de l'avoir brisée. N'est-ce pas?»

Il ne répondit pas.

Elle le baigna de ses regards en partant des yeux noirs un peu tristes jusqu'au centre de son corps. Elle commenta:

«Petit Moïse fait encore dodo mais quand il se réveille, il ne donne pas sa place!»

Georges, plutôt embarrassé par cette insistance, demanda:

«Et la petite amie de Moïse, comment va-t-on l'appeler?»

Elle attendit qu'il lui trouve un nom.

«Cette nuit, je t'ai vue en songe, lui raconta Georges. En robe de mariée, tu marchais vers moi, une gerbe de fleurs sauvages à la main.»

Il se tut pour revivre son rêve. Puis il promena ses yeux le long du corps de la femme et sa main vint caresser la sombre toison soyeuse qui ornait la commissure des cuisses.

«Marguerite, dit-il, oui, Marguerite Dumont, femme et fleur sauvage.»

Il se pencha pour l'embrasser.

«Oh, Marguerite! Si tu savais comme je t'aime! Je te dois la vie, plus que la vie! Si tu savais!»

Il l'embrassa de nouveau et, n'y tenant plus, il souleva Denise et la pressa contre sa poitrine. Elle sentait les larmes chaudes de l'homme tomber sur sa joue. Ignorant l'importance que Georges accordait à ses premières relations sexuelles avec une femme, Denise songeait:

«Comédien, va! Tu dois jouer ce numéro à toutes tes conquêtes!»

Elle lui flattait les cheveux en se disant:

«Qui ne s'y laisserait pas prendre? Je comprends qu'elles traînent à tes pieds. Mais une femme avertie en vaut deux et, avec un moineau de ton espèce, elle ferait mieux d'en valoir dix!»

Elle s'écarta légèrement et, d'une voix compatissante, encore plus douce que la main qu'elle lui passait dans les cheveux, elle murmura:

«Je t'en prie, mon amour, je t'en prie!... Calme-toi, mon chéri, calme-toi!»

Elle se décolla tout à fait et le regarda:

«Impayable! pensa-t-elle. On dirait de vraies larmes!»

Elle lui sourit et le réprimanda avec tendresse:

«Allons, mon chéri, ne pleure plus; calme-toi!»

Elle s'approcha lentement de lui, posa ses lèvres sur les paupières chaudes et lécha ses larmes. Elle prit son slip en dentelle posé sur une chaise, près du lit:

«Un joli mouchoir, mon chéri. Je l'ai porté à peine deux heures!»

Elle l'approcha des narines de Georges:

«N'aie pas peur. J'ai du linge de rechange dans l'auto. Mouche-toi!»

Devant son hésitation, elle répéta:

«Allons, mouche-toi.»

Il eut un rire saccadé et, d'une voix entrecoupée par les larmes qu'il se forçait de retenir, il lui reprocha:

«Incorrigible maman poule!

— Surtout pas! s'opposa Denise. Maman ne veut pas deux raclées dans la même matinée. Mouche-toi, vilain garçon!»

Il renifla. Elle passa le slip sur ses joues et lui appliqua un baiser sonore sur les lèvres.

«Bon, on va laisser les attendrissements et le lit, pas vrai? Il faut refaire nos forces si nous voulons recommencer: la journée débute à peine.»

Elle regarda autour d'elle et, ayant repéré une robe de chambre, elle sortit du lit et la passa.

«Si Monsieur le veut bien, j'irai préparer le café.»

Il songea, émerveillé, sans la quitter des yeux:

«Est-ce que je rêve? Je suis tellement heureux!»

Il eut envie de crier:

«Je suis normal! Je suis un homme normal! Je suis sauvé!»

Elle lui sourit, l'embrassa encore et quitta la chambre.

«Un vrai mâle, se dit-elle en cherchant la cafetière. Une brute qui joue les tendres!»

Elle la remplit d'eau et mit quatre cuillerées de poudre de café.

«Je devrais mourir de honte: jouir comme une folle après une telle raclée! Une vraie garce!»

Elle se rendit à la toilette où elle continua sa méditation:

«Ma ligature ne m'a quasiment jamais servie avant ce jour. J'aurais été bien arrangée, enceinte à quarante-deux ans!»

6

À partir de ce samedi, Denise dormit presque chaque nuit chez Georges. Elle y arrivait une heure avant lui. Charlot reconnaissait sa voiture à plus de cinq cents mètres, au ronronnement délicat du moteur et au frottement des pneus sur le sol glacé ou recouvert de neige. Haletant, la gueule ouverte, la langue pendante, il se lançait contre la grille de son parc dès que Denise se garait. Elle le grondait avec tendresse:

«Du calme, mon bébé, du calme! Maman arrive.»

À peine ouvrait-elle la porte qu'il bondissait dans la cour et partait dans un galop souple. On eut dit que ses pattes ne touchaient pas le sol et que sa langue volait à côté de lui. Son dos se pliait et se redressait à une telle vitesse que sa silhouette en devenait floue. Soudain, il s'arrêtait, l'air inspiré, puis il ramassait un objet dont le poids ou les dimensions la laissaient parfois bouche bée: une pelle à neige, une hache, une bûche ou simplement une boîte vide, un chiffon. La tête haute, il se pavanait devant elle, marchant d'un pas important, presque cadencé. Il tournait trois ou quatre fois autour du même groupe de sapins. Ensuite, il déposait sa prise aux pieds de sa maîtresse qui le félicitait. Excité, il sautait autour d'elle en se gardant de la toucher puis piquait une nouvelle course; après deux minutes, il s'immobilisait contre un vieux tremble qu'il arrosait. Plus calme, il se rendait à la porte du chalet et pénétrait avant Denise pour s'allonger sur les briques luisantes disposées devant le poêle à bois. De là, il la regardait préparer le dîner. Elle lui apportait une écuelle d'eau fraîche et une autre remplie de nourriture sèche. Il mangeait avec la voracité d'un jeune chien et se dirigeait vers la porte pour qu'elle le laisse sortir. Ses besoins soulagés, il s'installait de nouveau près du poêle à bois, occupé uniquement à contempler sa maîtresse. Charlot aimait bien Denise: elle le laissait se conduire à sa guise et riait de ses facéties. Pourtant, il se soumettait avec joie aux exigences de Georges qui prenait très au sérieux l'éducation de son «bébé». Le notaire s'était pourvu d'ouvrages spécialisés. Cependant, aux conseils des maîtres, il mêlait un grain de fantaisie, de sorte que Charlot était dressé un peu en chien de chasse, un peu en bouffon. Ses anciens propriétaires lui avaient donné quelques bonnes habitudes: propre, il ne déchirait rien. Georges lui apprit à marcher à ses côtés, le museau à la hauteur du genou de son maître tant à droite qu'à gauche. Il lui servait son repas du matin dans son parc, cérémonial complexe et tyrannique! Curieusement, Charlot y prit promptement goût: si un jour, Georges, pressé, en sautait une étape, le chien refusait de manger, obligeant ainsi le notaire à tout recommencer! Charlot se tenait dans un coin de son parc, attendant que son maître achève son petit déjeuner. Il se redressait dès qu'il l'entendait pousser la porte du chalet. Georges lui ordonnait de se rasseoir puis il avançait avec les écuelles contenant l'eau et la nourriture. Il s'immobilisait sitôt que Charlot bougeait de sorte qu'en peu de temps l'élève apprit à observer une rigidité de statue. La bave coulait de ses babines et tombait sur sa luisante robe noire où elle se précipitait en cristaux de glace. D'un coup de genou, Georges soulevait le loquet de la porte, pénétrait dans le parc et se campait devant Charlot. Il se baissait, et, les yeux dans ceux du chien, il déposait les écuelles devant lui. Il se redressait lentement, reculait de trois pas et l'observait. Ensuite, il sortait, fermait la porte et, après un silence que l'animal respectait sans broncher, il le félicitait:

«Bon chien!»

D'un ton militaire, il ordonnait:

«À mon commandement, Charlot, mange!»

À ce mot, lancé avec force, le labrador se redressait et se mettait à avaler sa nourriture en fouaillant de la queue, soulagé de cette longue attente et fier d'avoir gagné son repas.

«Je porterai plainte à la Société protectrice des animaux!» menaçait souvent Denise cependant qu'elle songeait:

«Il se venge sur le pauvre chien de la façon dont Myriam et les frères de l'Instruction chrétienne l'ont dressé! Bah! Tant qu'il pourra satisfaire sur cette bête son besoin de dominer, il continuera à manger dans ma main sans même s'en rendre compte!»

Dire que Georges mettait Denise sur un piédestal ou qu'il la portait aux nues ne rendrait pas vraiment compte de ce qu'il ressentait pour cette femme. Du reste, elle ne comprenait pas pourquoi, tant de fois, il lui répétait:

«Je te dois plus que la vie! Avant toi, je n'existais que pour souffrir. Oh, merci!»

Lorsqu'il la prenait, ses yeux, son sourire étaient chargés de tant de respect! Il la touchait avec une telle délicatesse qu'il semblait officier à une cérémonie religieuse comme si Denise était une idole à laquelle il se sacrifiait en s'unissant à elle. Il s'oubliait pour la contempler et tirer gloire du plaisir qu'il lui procurait. Il devenait un instrument; la femme, une symphonie. Une mélodie dont les accords se composaient de gémissements, soupirs, mots entrecoupés, sourdait du corps de Denise parcouru de vagues de plaisir. Lorsque, dans une plainte plus déchirante, elle s'effondrait, les cuisses à l'abandon, les yeux mi-clos, les lèvres entrouvertes, les ailes du nez battant désespérément pour retrouver le souffle, les seins pantelants tout imprégnés de sueur, Georges cessait de se considérer comme un maudit du Destin. Le bonheur de Denise le rachetait.

Parfois, incapable de supporter une telle joie, il confiait à son amante:

«C'est bizarre, ma chérie, mais il m'arrive de souhaiter mourir...

— Mourir! s'étonnait Denise.

— Oui, mourir! Je suis tellement heureux! Si je mourais, j'emporterais dans l'éternité cet instant si délicieux! Que deviendrais-je si je te perdais?

— Ne me fais pas croire, lui reprochait-elle, que je suis la première femme qui te procure tant de plaisir!

— C'est tellement plus que du plaisir!» répondait-il, sans chercher à s'expliquer.

Et un nuage de tristesse recouvrait son visage.

«Voilà mon saule pleureur qui s'attendrit de nouveau», blaguait Denise.

Il s'efforçait de sourire pour écarter la pensée qui le torturait:

«Que dira-t-elle lorsqu'elle saura la vérité?»

Il vivait dans un univers merveilleux et fragile. Il était mal à l'aise en décrochant le téléphone car Dutrissac le harcelait, hors de lui à l'idée de perdre son souffre-douleur. Au début, il insistait pour que Georges répudie la femme qui bouleversait leur existence.

«Content, hein? Tu fais partie maintenant du grand troupeau des hétérosexuels! Toi qui faisais l'éloge de Platon, Virgile, Alexandre, Tchaïkovski...

— À t'entendre, les hétérosexuels sont tous des ânes! l'interrompait Georges.

— Pourquoi pas? divaguait Jean. Que pourraient-ils créer, ces fats qui donnent le meilleur d'eux-même à des femmes pour qu'elles créent à leur place? Les grands génies ont tous été des homosexuels ou des hommes qui sublimaient leur homosexualité, leur désir d'enfanter. Prends Michel-Ange, Léonard de Vinci...

— Et toi! le narguait Georges. Je vous laisse le génie tourmenté en échange du bonheur et de la paix que je connais en ce moment!»

Voyant qu'il n'obtenait rien par la force, Jean utilisa la séduction:

«Elle se gâtera vite, ta poupée, si tu la reçois chaque week-end. Le paysage est tellement beau ici, maintenant que le Saguenay est gelé! Je me console de ton absence en m'entourant de fleurs. Nos azalées se portent bien malgré ton abandon. Je me suis acheté des tulipes en pot et des hibiscus, des rouges et des jaunes.

Tu sais, mon chéri, j'ai failli perdre mes hibiscus en les transportant de l'auto au chalet à vingt-cinq degrés sous zéro. Le lendemain, les feuilles étaient gelées, fanées, toutes chiffonnées; les fleurs mortes; les boutons noircis. Mais tout ressuscite avec le temps, l'amour et de bons soins. Crois-moi, mon petit cœur, cette glace qui s'est érigée entre nous depuis presque dix ans fondrait si je te revoyais, j'en suis certain. Je t'assure que je ne dirai rien si tu rencontres ta Denise à l'occasion. Allons, mon petit Georges. Si tu veux être bisexuel, tu ne seras que plus comblé! Après tout, c'est peut-être la voie de l'avenir! Puis, le chalet t'appartient autant qu'à moi...

— Dix pour cent, corrigeait Georges.

— C'est encore quelque chose.

— Je te les cède pour services rendus!»

Georges se forçait à oublier ces conversations irritantes lorsqu'il laissait son étude. Mais Jean ne le lâchait pas. Après le jour de l'An, il se mit à le harceler au chalet. Georges répondait en anglais et en termes évasifs, espérant que Denise ne comprendrait pas. En raccrochant, il pestait:

«Elle ne me lâchera pas, la maudite!

— Tu n'as que ce que tu mérites! rétorquait sa compagne. Coucher avec des têtes carrées! Quel manque de goût!»

Jean menaçait de tout raconter à Denise. Georges crânait:

«She already knows everything. Go on, stupid ass! That will just be a stab in the water!»[1]

Mais il avait tellement peur que parfois il songeait à se suicider.

«Un accident d'auto... Personne ne se doutera de quoi que ce soit. Je préfère la mort à son mépris.»

Mi-janvier 1986, Jean lui assena le coup fatal. Au milieu de la semaine, il l'appela à son bureau:

«Si tu ne viens pas ce week-end, je sortirai les azalées. Je les laisserai mourir de froid!»

Georges ne répondit pas. Il songea:

«Assassin!»

Il raccrocha. Il se prit la tête à deux mains. Les paupières closes, il se revit douze ans plus tôt à Québec, un hiver, peu après le jour de l'an. Son amour s'épanouissait alors que le froid ciselait des gerbes de fleurs aux fenêtres. Il souriait à la vie, à la blancheur des montagnes lointaines et même à la boue glacée des rues. Il avait pénétré dans un centre commercial. Devant l'entrée d'un grand magasin, on liquidait des plantes d'intérieur. À côté des poinsettias, il avait vu des azalées rouges, roses, blanches et croisées. Ces buissons d'à peine quarante centimètres de haut semblaient à l'abandon; on les vendait pour une bouchée de pain. Il avait acheté trois pots aux fleurs de couleurs différen-

---

1. «Elle est au courant de tout. Vas-y, espèce de con! Ça ne fera pas plus mal qu'un coup d'épée dans l'eau!»

tes. Il les avait gardés deux semaines à son appartement puis il les avait transportés à Saint-Fulgence. Une longue histoire d'amour avait commencé alors. Au printemps, il les sortait pour les rentrer avant les gels de l'automne. Il les changeait de pot tous les deux ou trois ans. Il taillait des boutures, créait des plants nouveaux, les croisait. Il les nourrissait, les arrosait, leur donnait le bon éclairage alors que Jean le couvrait de sarcasmes.

«Madame a les pouces verts!» rigolait-il.

Georges rappela son ancien amant et promit de se rendre à Saint-Fulgence le samedi, avant cinq heures de l'après-midi. Il fit changer son numéro de téléphone à domicile. Il reçut Denise le vendredi soir et l'informa qu'il devrait s'absenter un moment, le lendemain. Vers trois heures, il pénétra dans le chalet de Saint-Fulgence. Jean vint à sa rencontre avec un grand sourire:

«Te voilà enfin, amant infidèle!»

Au lieu de se jeter dans ses bras, Georges lui assena un violent coup de poing au creux de l'estomac. Avec un «Oh!» sourd, Jean plia les genoux.

D'un tranchant de la main, Georges le frappa au côté gauche du cou. Jean pencha la tête sur la poitrine. Il reçut un autre coup à droite et s'affaissa, inconscient, sur le plancher. Georges ramassa les azalées et partit. En cours de route, il sourit en se rappelant un détail de sa brève rencontre:

«Il s'est noirci les cheveux. On vieillit vite dans le monde des tapettes!»

Cette victoire sur son ancien maître donna à Georges l'impression d'enterrer son passé. Il éprouvait une telle joie qu'en traversant le village de Desbiens, il s'arrêta chez un concessionnaire de motoneiges. Un véhicule puissant et luxueux trônait dans la salle de montre. Il en acheta un semblable sans marchander, exigeant qu'il soit livré sur-le-champ. À un magasin contigu, il choisit deux ensembles de motoneige. La vendeuse, une jeune femme robuste d'environ un mètre soixante-cinq, lui servit de modèle pour la tenue de Denise.

La température s'était adoucie. La pleine lune se montra vers sept heures. Elle répandait une lumière dorée sur la neige fraîchement tombée.

Denise crut sans peine que Georges s'était absenté pour faire ces achats. Le soir même, ils étrennèrent leur équipement. L'homme conduisit lentement à travers des champs de seigle et d'avoine fauchés quelques mois plus tôt. Assise en arrière, la femme l'enlaçait et serrait ses cuisses contre les siennes. Elle songeait:

«Il est fou!»

Sur la neige douce qui recouvrait les vallons, la motoneige filait avec la mollesse d'un esquif glissant sur des vagues à peine ourlées. Le ciel était d'un bleu légèrement plus foncé que celui de la mer.

«Il m'offrirait la lune s'il pouvait la décrocher, pensait Denise. C'est déjà trop ce qu'il me donne!»

Ses cuisses l'étreignirent davantage. Il libéra sa main gauche pour rendre la caresse.

«Je n'ai jamais été conquise par un homme, méditait la femme. Mon époux et ceux que j'ai connus avant lui s'amusaient sur mon corps pendant que moi, je m'amusais à les voir s'éreinter dans l'espoir de m'arracher un murmure de plaisir. Mais avec Georges, je souffre l'enfer du désir au point de me traîner, tous les jours, de Saint-Félicien à Saint-François-de-Sales. Je ne puis trouver le sommeil tant qu'il ne m'a pas prise. Je le veux presque tout le temps. J'ai perdu ma fierté.»

Elle éprouva un élan de rage et le serra plus fort. Il passa une main sur la cuisse qui se pressait contre la sienne, songeant:

«Si tu savais comme je t'aime!»

Ses paupières battirent plus vite. Il respira profondément.

«Non! Elle me traiterait encore de saule pleureur et cela m'empêcherait de conduire.»

Il leva la tête, sourit à la lune et fonça sur elle. Un instant, il oublia Denise. Il accéléra, volant presque au-dessus de la neige, captif d'une obsession qui le hantait depuis l'enfance:

«Je vais l'attraper! Oh! Je vais l'attraper!»

Mais la lune reculait à mesure que Georges avançait. Denise s'écrasait contre lui. L'air frais calmait à peine l'ardeur du désir qui parcourait son corps. Les yeux fermés, une joue collée au dos de l'homme, elle songeait:

«Si tu savais comme je t'en veux de me mettre dans cet état!»

En courant après la lune, Georges atteignit l'orée du champ, une lisière d'épinettes. Il ralentit, se redressa et murmura:

«Elle m'a encore échappé.»

Il obliqua vers la gauche et dit à la femme qui se pressait si fort contre lui:

«Je t'aime.»

Elle répondit:

«Je t'aime aussi.»

Elle souleva sa visière et ses lèvres se posèrent sur celles de Georges tandis qu'elle caressait la poitrine de l'homme.

«Si on rentrait maintenant? supplia-t-elle.

— Oui.»

Elle gémit de contentement.

Elle se sentait tellement au chaud dans ses vêtements en cuir noir, souples, fortement doublés à l'intérieur! Si confortable dans ses bottillons et ses moufles en peau de phoque! Elle portait un casque splendide de fabrication allemande.

«Ça vaut une fortune», songea-t-elle.

Dans la nuit azur et or, ouatée de blanc, ronronnait doucement le moteur du puissant véhicule. Denise sourit, un peu triste:

«Que je suis bête de croire, à mon âge, qu'il m'aime vraiment! Tiens, qu'il me donnerait la lune alors qu'il investit simplement quelques dollars dans la veuve riche et pas trop moche afin de récolter le centuple plus tard!»

Elle soupira.

«Si je ne suis pas la millième femme qui passe dans sa vie, je ne m'appelle pas Denise Dumont. Quand il aura tout eu de moi, il me traitera comme cette Anglaise qui se lamente au téléphone. *Fuck you!* À moi, il dira: Vieille chipie! Tu as l'âge d'être ma mère!»

7

Le comportement de Georges depuis l'acquisition du chalet rendait Myriam encore plus perplexe que Denise. Convaincue que la fugue de son fils n'était qu'une tocade, certaine qu'avant Noël il réintégrerait le toit familial, sa déception était d'autant plus grande que Denise lui accordait moins de temps. Elle ne tarda pas à croire que le veuvage prolongé ne convenait guère à sa copine. Denise eût-elle prétendu le contraire que Myriam n'aurait pas été dupe: le ton de sa voix, son rire, l'expression de ses yeux, ses gestes, sa démarche, ses longues rêveries au cours de leurs promenades trahissaient l'ivresse des nuits passées loin de Saint-Félicien. Durant plus d'un mois, esquivant les questions de Myriam, elle refusa de parler de son amant; elle se contentait de rougir, de sourire et de détourner la conversation. Puis, goutte à goutte, elle laissa tomber qu'elle fréquentait un homme divorcé, un professionnel de dix ans son aîné qui vivait seul, à Mistassini. Pour préserver sa propre réputation, elle évitait de le recevoir chez elle ou même de se montrer en sa compagnie. Elle s'en voulait de ne plus être disponible après six heures du soir et, encore plus, d'ignorer tout de la nouvelle existence de Georges, cet enfant prodigue qui, sans doute, reviendrait trouver sa mère:

«Ce n'est qu'un coup de tête, ma chère, lui expliquait-elle; le temps de s'offrir quelques orgies dans son nouveau chalet: c'est très à la mode chez les célibataires de son âge!»

Lorsque Georges l'appelait, Myriam lui répondait

d'un ton si sec et avec une telle parcimonie, qu'ayant l'impression de parler à un mur, il raccrochait sans tarder. Pour supporter cette douche froide, il attendait que Denise se trouve à ses côtés. Il l'entourait du bras droit et, de la main gauche, tenait le combiné. Ou bien, il s'allongeait près d'elle, la tête calée entre ses seins. Tout en suivant discrètement la conversation, Denise lui caressait les cheveux, la poitrine, le ventre. Parfois, un sourire aux lèvres, avec le regard vague de la femme comblée, elle soulevait puis laissait tomber un Moïse épuisé et donc réfractaire à de telles marques d'attention. Peu intéressée à reconnaître ses propres talents de comédienne, elle admirait ceux de son amant. Georges parlait à sa mère d'une voix plaintive alors que, avec les trois doigts du milieu de la main droite, il lui disait d'aller se faire cuire un œuf ou pire encore. Avant de raccrocher, il poussait un grand soupir afin que Myriam le sente mortifié; ensuite, se tournant vers Denise, il commentait, en riant:

«Elle doit me croire à l'article de la mort! Si elle savait!»

Puis, il étreignait sa compagne ou déposait un baiser sur Marguerite.

Comme si cette performance de Georges ne l'avait pas suffisamment amusée, Denise avait hâte au lendemain pour entendre Myriam lui donner sa version de son entretien avec son fils. Elle l'écoutait d'un air intéressé, respectant, selon toute apparence, le chagrin de son amie. Elle plaçait des commentaires en utilisant cette voix douce, veloutée et chantante qui simulait si bien la tendresse. Inévitablement, elle blâmait l'ingrat et encourageait la mère délaissée à l'affliger davantage pour le contraindre à capituler. Quelques heures plus tard, elle remontait à Saint-François-de-Sales en riant des lamentations de Myriam.

«Elle ne souffrira jamais assez, songeait Denise en longeant le lac Saint-Jean. Depuis quinze ans et plus que son mari est mort, elle a eu amplement le temps de se dénicher un amant et même une douzaine. Mais elle s'est accrochée à Georges et, simplement parce que son gars déménage à soixante kilomètres plus loin, elle fait tout ce tralala!»

Elle ignorait l'opinion que sa «meilleure amie» nourrissait à son égard.

«Dieu m'a épargnée, se disait Myriam, les faiblesses de la chair ou, du moins, l'humiliation d'implorer un homme pour satisfaire mes besoins. Je n'ai jamais cédé aux manœuvres de Romuald pour m'allumer et me posséder ensuite. Idiotes, les femmes qui laissent aux hommes la responsabilité de leur plaisir lorsqu'il est si facile de se contenter soi-même! Denise, par exemple. Elle est devenue une call-girl. Encore qu'une vraie call-girl se fait payer pour la peine alors que Denise ne se fait même pas payer l'essence qu'elle dépense. Quand une femme commence à courir les hommes au début de la quarantaine, elle n'arrête pas! À voir les soins qu'elle donne à sa personne, exercices, régimes, esthéticienne, on dirait qu'elle se prend pour Marilyn Monroe et qu'elle veut faire tourner la tête à tous les hommes. Aujourd'hui, c'est un monsieur de Mistassini; demain, c'en sera un d'Alma, jusqu'à ce qu'elle ait terminé le tour du Lac pour recommencer ensuite. Elle est incapable de voir un homme sans s'énerver; elle les veut tous, même Georges qui n'a d'un homme que l'apparence... Une vraie débauchée!»

Début février 1986, Myriam montra des signes de profonde lassitude. Elle était blessée qu'un homme, fût-ce son fils, lui résiste. Son sommeil agité l'épuisait. Elle se réveillait souvent, en proie à des cauchemars. Elle se levait, buvait une tisane, s'assoyait sur un fauteuil et regardait la neige tomber ou la façade de la maison voisine où tout reposait, tandis qu'elle agonisait, abandonnée. Elle ne s'alimentait plus que par contrainte. Finis les petits plats qu'elle partageait avec son garçon. Elle n'achevait même pas la tranche de saumon qu'elle extrayait d'une boîte de conserve et arrosait de jus de citron. Il lui restait encore assez de fierté pour se maquiller lorsqu'elle sortait: il suffisait que les jaloux du quartier connaissent sa solitude sans qu'ils la voient traîner comme une femme dédaignée.

De temps en temps, sous prétexte de venir chercher un objet à Saint-Félicien, Georges lui rendait visite. D'habitude, elle feignait d'être absorbée dans la lecture d'un roman, ne levait pas la tête de son livre et ne répondait que par de vagues sons, des phrases brèves et mal articulées que son fils ne comprenait pas toujours. Mi-février 1986, n'en pouvant plus, elle l'invita à dîner. Laissant tomber sa fierté, elle avoua:

«Ce ne sera pas un repas comme ceux d'autrefois!... Je ne sais plus cuisiner depuis que tu es parti... Faire à manger pour une pauvre femme toute seule... Je n'y pense même pas...»

Georges consentit, avec plaisir, à partager sa table. Il lui fallut cependant prévenir quelqu'un du retard dont souffrirait leur prochaine rencontre. Il utilisa le téléphone de sa mère et appela Denise. Elle était au chalet. Myriam saisit l'essentiel de leur conversation:

«Non, chérie. Je soupe avec maman... Certainement avant neuf heures.»

Elle fut tout d'abord horrifiée par ce langage d'amoureux.

«Habiterait-il avec quelqu'un dans son taudis de Saint-François? se demanda-t-elle. J'aurais dû m'en douter. Qu'ai-je fait au bon Dieu! Mon fils! Une tapette irrécupérable!»

Le temps de sauter des entre-côtes, de tourner quelques champignons et des rondelles d'oignon dans du beurre chaud, et Myriam se forgeait un sourire. En y pensant davantage, elle se sentait soulagée de connaître enfin la vérité. Georges avait sans doute rompu avec Dutrissac et l'avait remplacé par un homme jeune et plus agréable. Avec douceur, elle reprocha à son fils:

«C'était donc ça, tout le drame! Abandonner sa mère pour aller vivre avec quelqu'un! Et s'en cacher comme si c'était un crime! Tu as pris pour acquis que je n'accepterais pas ta nouvelle liaison.

— Peut-être, admit Georges.

— Et tu n'oses même pas me présenter cette personne?

— Je doute que tu serais contente de la rencontrer.

— Pourquoi?»

Georges eut un sourire crispé:

«Une idée que je me fais.

— Il faudrait d'abord essayer, le reprit Myriam. Je déteste qu'on se pique de lire dans la pensée des autres.»

Au cours du dîner, elle le sermonna:

«Tu as trente ans, Georges. Pourquoi te conduis-tu comme un enfant qui a peur de sa mère? Je t'accepte comme tu es, mon fils.»

Elle fit une pause, de crainte que sa voix ne tremblât, avant d'ajouter:

«Tu ne peux savoir jusqu'où peut aller l'amour d'une mère. Allons, présente-moi ton ami, insista-t-elle.

— J'essayerai peut-être un jour», répondit Georges.

Remplie d'espoir, Myriam était particulièrement gaie le lendemain après-midi, au cours de sa promenade. Elle ne put s'empêcher de sourire en voyant que Denise éprouvait quelque difficulté à la suivre. Elle songea:

«J'ai six ans de plus qu'elle. Mais je fais une bonne vie et ça paraît, malgré la misère des deux derniers mois. Il est vrai que j'ai perdu vingt livres. Au moins, ma peine a eu ça de bon!»

Denise pensait, de son côté:

«Depuis que je passe mes week-ends avec Georges et que nous marchons dans les bois et la neige immaculée, j'ai horreur des rues de cette ville. On risque, à chaque pas, d'être éclaboussées par les voitures. Ça ne semble pas du tout déranger Myriam. D'où tire-t-elle donc aujourd'hui cet excès d'énergie? S'est-elle enfin déniché un amant?»

Lorsqu'elle lui parla, Myriam s'exprima avec cette voix chantante que Denise n'avait plus entendue depuis le départ de Georges.

«Je n'ai pas de secret pour toi, commença-t-elle après vingt minutes de marche, heureuse d'imposer à Denise son excellente forme. Pourtant, je te cache quelque chose, quelque chose qui ne me concerne pas directement, il est vrai, ce qui explique mon silence jusqu'à présent. Si je t'en parle aujourd'hui, c'est parce que tu n'as pas cessé de me supporter dans mes épreuves».

Ce début incita Denise à une attention inhabituelle. Elle songea:

«Elle a un amant, c'est certain. Elle prend mille détours pour me le dire...»

Myriam traversa une rue qui descendait vers l'Ashuapmushuan. Elle marcha rapidement sur le pont pourvu d'un seul trottoir, si étroit que l'épaule de Denise, qui se tenait à côté d'elle, frôlait la sienne. En dessous, la rivière gelée en profondeur était parcourue d'ornières laissées par les chenilles des moto-neiges.

«C'est à propos de Georges, reprit Myriam. Inévitablement tout se saura bientôt puisque j'ai l'intention de l'inviter à venir habiter chez nous avec la personne qui partage sa vie présentement.»

Denise éprouva une sensation de froid aux joues et

au bout des doigts. Elle était pourtant chaudement vêtue et avançait à grands pas.

«Oui, chère, répéta Myriam, il habite avec quelqu'un.»

Denise songea:

«La chipie! Elle sait tout mais s'amuse à me faire languir.

— Avec quelqu'un, chère, répéta Myriam, mais ce que tu ne sais pas, c'est que cette personne est un homme. Oui, un homme. Autrement dit, Georges, mon beau Georges est un homme aux hommes.»

8

Denise avait tellement hâte de raconter à quelqu'un la conversation qu'elle venait d'avoir avec Myriam qu'elle ne put attendre l'arrivée de Georges. Elle demanda à Charlot:

«Penses-tu, mon beau chien, qu'il va me croire lorsque je lui dirai les bêtises que sa mère m'a chantées cet après-midi?»

Comprenant qu'elle s'adressait à lui, Charlot gémit, navré de ne pouvoir lui répondre dans le langage des hommes.

Prenant un ton plus grave, elle s'exprima à sa place:

«Il pensera que belle-maman est tombée sur la tête!»

Elle laissa l'évier pour se poster devant la fenêtre. Les jours allongeaient à mesure que s'écoulait le mois de février. Vers six heures du soir, il faisait encore clair. Par-delà les têtes grêles des épinettes, le soleil orangé descendait plus rapidement. On ne voyait âme qui vive au milieu de la semaine sauf, de temps en temps, un motoneigiste vêtu de noir qui empruntait la piste menant à Roberval ou celle de Lac-Bouchette. Partout, la neige gardait sa blancheur sans tache. Denise se tourna vers Charlot et lui confia:

«Qu'on est bien dans le bois!»

Elle sourit lorsque Georges descendit de voiture. À mesure qu'il approchait, elle devenait plus hilare, au point que, lorsqu'il franchit le pas de la porte, elle riait aux larmes. Il s'arrêta, surpris:

«Voyons! Qu'est-ce qui t'arrive?»

Elle rit encore plus fort.

«Mais voyons! insista l'homme, comme pour la ramener à la raison. Tu ne m'as même pas embrassé!»

Elle lui saisit les mains et, mourant de rire, elle articula:

«Bonsoir, ma petite tapette d'amour!»

Elle ne se rendit pas compte à quel point les mains de Georges se glacèrent mais elle le vit pâlir. Aussitôt, elle se rappela la farce qu'elle avait faite à propos de la cafetière et la réaction démentielle de l'homme.

«Bon sang! Il n'a donc pas le sens de l'humour!» songea-t-elle.

Georges demanda d'une voix tremblante:

«C'est quoi, cette affaire de tapette?»

Le regard douloureux de son amant lui coupa toute l'envie de rire. Elle expliqua:

«Ta mère... elle a dit que tu es un homosexuel invétéré... pour se venger de toi... ou bien, elle est folle et ne sait plus ce qu'elle raconte.

— Elle a dit ça? questionna-t-il, avec une nuance d'incrédulité dans la voix.

— Où penses-tu que j'aurais déniché pareille sornette? Cet après-midi, pendant qu'on marchait, elle m'a conté que tu habites avec un gars. Imagine!»

Il ne répondit rien.

Elle lui demanda:

«Tu me crois, au moins?

— Que je suis un homosexuel?

— Idiot! trancha-t-elle, voyant que sa farce ne prenait pas du tout. Que c'est ta mère qui a fabriqué cette histoire, je ne sais pourquoi», précisa-t-elle, du ton d'une maîtresse d'école qui s'adresse à un enfant de l'élémentaire.

Elle n'en crut pas ses oreilles lorsqu'il demanda, comme s'il était en proie à une idée fixe:

«Et tu as pensé que c'était vrai?»

Elle songea, inquiète:

«Mais il n'entend pas du tout à rire!»

Essayant de comprendre la réaction de son amant, elle se dit:

«À moins que ça lui fasse trop mal venant de sa mère... J'aurais dû y penser.»

Elle prit un ton affectueux tout en lui caressant la joue:

«Pauvre chéri! Je ne pensais pas que tu allais te mettre dans cet état. C'est tellement idiot!»

Il soupira et son visage se colora un peu:

«Tu ne la crois pas? s'enquit-il encore.

— Mais comment peux-tu me demander pareille chose? Est-ce que je ne vis pas avec toi? Ou, du moins, est-ce que je ne dors pas avec toi chaque nuit?»

Il semblait foudroyé. Elle le saisit aux épaules et, les yeux dans les yeux, elle le secoua:

«Hé! Réveille-toi! Tu ne vas pas te laisser démolir par des calomnies aussi absurdes!»

Il sortit de sa léthargie et l'embrassa.

«Il pleure encore, songea-t-elle en sentant les larmes de Georges couler sur sa joue. C'est idiot, souffrir ainsi à cause des calomnies d'une folle.»

Il la serra davantage et dit en gémissant:

«Elle me le paiera! Oh, elle me le paiera!»

Denise lui rendit son étreinte tout en lui parlant doucement, ne s'interrompant que pour couvrir ses joues et ses paupières de baisers:

«Pauvre amour! Jamais je n'aurais cru que de telles bêtises t'auraient peiné à ce point. Cette folle va achever de te démolir même si tu es parti de chez elle pour échapper à sa cruauté. Oublie-la, mon chéri, oublie-la. Je t'aime.»

Il tenait la femme serrée contre lui. Il se sentait en sécurité ainsi et n'aurait jamais voulu la lâcher mais plutôt entrer en elle et s'y enfermer comme dans un bunker où la méchanceté des humains ne l'atteindrait pas. Il soupira:

«Oh! Je t'aime tant! Si tu partais...

— Pourquoi dis-tu cela? l'interrompit-elle.

— J'en mourrais, acheva-t-il.

— Tais-toi!» lui ordonna la femme.

Elle chercha ses lèvres. Lorsqu'il laissa la bouche de son amante, Georges jeta un coup d'œil au chien qui partageait leur bonheur en branlant la queue de toutes ses forces. Il dit doucement, presque à l'oreille de Denise:

«Charlot est notre bébé.

— Le seul que nous pourrons avoir, lui répondit-elle. J'ai été stérilisée. D'ailleurs, à mon âge...

— Aurais-tu aimé me faire un enfant si cela avait été possible? lui demanda-t-il.

— Deux, trois», répondit-elle.

Il la serra plus fort.

«Aimerais-tu vivre avec moi? voulut-il savoir.

— Je vis avec toi, chéri.

— C'est vrai. Mais, t'établir ici?» insista-t-il.

Elle s'écarta un peu, le regarda sérieusement, jeta un coup d'œil autour d'elle et répondit, sans chercher à cacher un sourire ironique:

«Sois raisonnable, mon chéri. J'ai soixante paires de souliers, une douzaine de manteaux, quinze bracelets-montres et j'en passe. Je suis une femme extravagante, à certains égards. Où voudrais-tu que je mette toutes mes guenilles? On a à peine assez de place pour se tourner.

— J'ai l'intention, au printemps, de raser le chalet et de bâtir une vraie résidence avec piscine intérieure, deux salons, une serre. On a l'air fou avec toutes ces plantes sur le rebord des fenêtres. J'y pense très sérieusement.

— Une prison dorée pour m'enfermer, commenta la femme, d'un ton triste.

— Une prison? s'étonna Georges, blessé de se sentir rejeté alors qu'il croyait que son offre serait perçue comme une preuve de son amour.

— Nous sommes heureux ainsi, expliqua Denise, plus conciliante. J'ai besoin de me croire libre et de croire aussi que je te manque un peu. Enfermée entre quatre murs, clouée ici, le charme serait brisé. Apprenons d'abord à vivre ainsi; plus tard, peut-être, on habitera définitivement ensemble.

— Tu as sans doute raison», admit Georges.

Elle se sépara doucement de lui.

«Tu dois avoir faim, mon chéri; tu manges si mal à Roberval!»

Elle servit des fruits de mer sur riz blanc. Un bol de salade se trouvait au milieu de la table. Une bouteille de vin accompagnait le dîner. Une main au menton, Georges semblait perdu dans une profonde méditation tandis qu'elle remplissait les assiettes.

«À quoi penses-tu?» lui demanda-t-elle.

Il baissa la tête et prit une queue de homard grillé. Il la tint à mi-chemin entre l'assiette et sa bouche.

Un peu contrariée, son amante demanda:

«Tu n'aimes pas?

— Et si c'était vrai? questionna-t-il.

— Vrai?... Quoi?...

— Ce que ma mère a dit: que je suis ou que j'ai été une tapette?»

Denise déposa sa fourchette sur la table, ferma les poings et, d'une voix frémissante, elle le tança:

«Tu veux que je me fâche? Tu cherches des prétextes pour commencer une chicane? Tu es peut-être las de me voir ici? Dis-le!

— Calme-toi, chérie. Comment peux-tu imaginer pareille chose?»

Il sourit et lui expliqua avec douceur:

«Je me disais que, tant qu'à y être, on pourrait vider le sujet. Imaginons, imaginons seulement que ce que maman a dit soit vrai, que je suis vraiment une tapette. Que ferais-tu?

— Idiot! le cingla-t-elle. Si tu es une tapette, qu'est-ce que je fous dans ton lit? Qui est-ce qui me prend? Qui est-ce qui me fait jouir? Toi ou ton ange gardien? As-tu perdu la tête, Georges?

— Tu crois qu'il est impossible que je sois homosexuel? Tu sais pourtant qu'il y a des hommes qui fonctionnent des deux bords ou qui s'affichent avec des femmes pour ne pas laisser deviner...

— Je commence plutôt à croire que parfois tu es un faible d'esprit ou un sadique, je ne sais plus!» l'interrompit-elle.

Elle se leva en repoussant son assiette.

«Tu as gâché mon dîner! dit-elle avec dégoût. Il y a des jours où Charlot a plus d'esprit que toi!» ajouta-t-elle en se dirigeant vers le chien qui suivait la dispute avec une mine inquiète.

Elle s'accroupit devant le poêle. L'animal se colla contre elle avec des petits gémissements remplis de tendresse comme s'il voulait la consoler. Elle lui caressa la tête et lui parla avec une voix d'idiote:

«Hein, Charlot? Suppose que je suis une tapette, hein, Charlot? Une tapette! Pourquoi pas? Et suppose que tu es un dinosaure, mon beau chien. Un dinosaure, un éléphant, une girafe!»

D'une voix indignée, elle répondit pour le chien:

«Mais, ma chérie, je ferais sauter le toit! Je défoncerais le plancher!

— Bien répondu, mon chien, approuva Denise de sa voix ordinaire. Elle poursuivit, jouant encore l'idiote. Suppose que j'aie une barbe et des moustaches?

— Si tu avais une barbe et des moustaches, ma chérie, répondit la femme tout en caressant la tête de Charlot à qui elle prêtait un ton sarcastique, je t'appellerais mon chéri et Denis au lieu de Denise.»

Furieuse, elle continua:

«Suppose! Suppose! Merde! Ma soirée est gâchée! Suppose que je l'avais deviné: je serais restée à Saint-Félicien au lieu de me taper soixante kilomètres pour venir entendre tes conneries après avoir entendu, toute la journée, celles de ta mère!»

Georges laissa la table à son tour et vint s'accroupir derrière la femme.

«Je regrette, chérie, lui dit-il doucement. Bon, pour ce qui est des homosexuels et de ma question, poursuivit-il, en l'entourant de ses bras, je conclus que tu m'aurais mis au rancart si j'avais été une tapette. Tu les méprises autant que moi, n'est-ce pas?»

Les mains glacées, en proie à une colère extrême, Denise se redressa en se retournant et empoigna Georges. Elle le mit debout avec une force surprenante. Elle le regarda droit dans les yeux, puis, sans un mot, elle lui décocha une gifle monumentale sur la joue.

«Je te la devais, idiot!» lui dit-elle d'un ton sec.

Il sentit ses oreilles bourdonner. Il baissa la tête, regarda stupidement ses souliers; puis, il essaya de sourire; d'une voix sans timbre, il dit à la femme:

«Merci. J'en avais peut-être besoin!»

Il voulut lui prendre la main. Elle se déroba.

«Je sors et je ne veux pas que tu me suives. Charlot viendra avec moi. Ça me fera un compagnon moins bête que toi!»

Elle disparut dans la chambre.

Georges sentit son univers s'effondrer. Ses yeux firent le tour de la pièce, cherchant quelque chose à quoi s'accrocher. Ils s'arrêtèrent sur les prunelles du chien dont le regard triste et humide laissait croire que la gifle partie de la main de Denise le faisait souffrir encore plus que son maître. Charlot restait allongé, la bouche ouverte, les flancs haletants. Il fixait Georges et semblait lui dire, avec son souffle oppressé:

«Va, va, ne pleure pas; tout s'arrange dans la vie...» sans se rendre compte que lui, pauvre chien, pleurait de voir son maître si triste.

Denise parut en tenue sport. Elle appela Charlot. Il

ne bougea pas, persuadé que son devoir était de rester au chalet afin de consoler Georges. Il se plaignit encore plus fort, suppliant:

«Embrassez-vous d'abord!»

Une vague de colère fit rougir le visage de la femme. L'angoisse du chien grandit. Il ne craignait pas un coup de pied, mais que ceux qu'il aimait tant se fassent encore souffrir.

«Va avec elle!» ordonna Georges.

Il se leva à regret, la queue pendant tristement.

«Je t'embrasse», dit l'homme au moment où Denise franchit le pas de la porte, suivie du chien.

Elle l'ignora.

Il l'accompagna du regard lorsqu'elle traversa la cour à peine éclairée par les derniers rayons du soleil qui avait disparu derrière les épinettes. Quand elle atteignit la route en terre et que les pins sylvestres bordant le terrain la cachèrent, Georges se retourna vers l'intérieur du chalet. Tout semblait changé: les contours de la pièce étaient flous; les fleurs qui lui avaient souri à son arrivée pendaient, fanées, décolorées. Les bûcherons gravés sur la porte du poêle à bois avaient pris un air morose, presque féroce.

Ne sachant quoi faire, il se tint devant la fenêtre, face au grand chemin. Il avait l'impression que la route s'était éloignée. Il se demanda s'il attendrait le retour de Denise ou si, malgré son interdiction, il irait la retrouver. N'en pouvant plus, il remit le repas dans le fourneau, s'habilla chaudement et sortit. Il la rattrapa en moins de dix minutes. Elle ne se retourna pas en entendant ses pas. Il arriva par en arrière, l'entoura de ses bras et l'immobilisa. Elle protesta:

«Laissez-moi. Je ne vous permets pas, Monsieur!»

Il lui couvrit les joues de baisers. Elle ne proféra plus que des paroles confuses:

«Non!... Va-t-en... Hum!...»

Il acheva de la faire taire en posant ses lèvres sur les siennes et en prenant sa langue. Elle s'accrocha à l'homme et s'amollit.

Ils rentrèrent au chalet en se tenant par la taille. Trois motoneigistes les croisèrent, en route vers Lac-Bouchette. Le dernier, un individu rondelet, les salua de la main. Ils ne lui répondirent pas. Ils ignorèrent également Charlot qui, rassuré de les voir réconciliés, se mit à chercher des lièvres à gauche et à droite.

Le chien fut conduit à son parc. Il s'installa dans le coin le plus rapproché du chalet, s'assit et se mit à surveiller la chambre à coucher où les amants achevaient de se réconcilier. Ils se prirent avec passion. Quand elle s'écroula avec un long cri, les cheveux de la femme étaient collés à son front; elle avait perdu toute trace de fard. Elle portait, au cou, la marque laissée par les lèvres de Georges. Elle sortit, la première, de l'effondrement où les avait plongés la violence de leur étreinte. Elle se tourna vers son amant qui gisait sur le dos, les lèvres entrouvertes, puis s'allongea au-dessus de lui. Le bout de ses seins effleurait la poitrine de Georges. Elle le contempla comme un objet qui lui appartenait. Il la repéra au-dessus de lui et sourit sans avoir la force d'ouvrir les paupières. Elle murmura:

«Pour une tapette, tu sais drôlement bien comment faire jouir une femme!»

Il émit un petit rire tremblant, presque désespéré, proche du sanglot.

Elle commenta, amusée:

«Tiens! Tu apprends à rire! Ce n'est pas trop tôt!»

Mollement, il leva les bras, l'entoura et la pressa contre sa poitrine. Elle passa le bout de sa langue sur le cou humide de Georges pendant qu'il regardait les tuiles du plafond et songeait:

«Il ne me reste plus qu'à m'entrer dans la tête que je suis le plus grand tombeur du Lac-Saint-Jean et à oublier que je suis ou que j'ai été une tapette!»

Il caressa le dos encore moite de la femme. Elle suçait les poils noirs plantés sur les puissants pectoraux et, du bout de son index, elle jouait avec les mamelons de l'homme.

«Tu me chatouilles», lui dit-il.

Elle rit, espiègle et gourmande.

D'une main, il immobilisa le doigt qui taquinait son sein et de l'autre, il emprisonna doucement les lèvres de la femme.

«Arrête», la pria-t-il.

Elle baisa la paume collée à sa bouche.

«J'ai une drôle d'idée», lui dit-il.

Il libéra un peu la bouche de la femme pour qu'elle puisse répondre. Elle demanda:

«Hum? Hum?

— J'ai envie d'appeler ta belle-mère, lui confia Georges.

— Tu es fou!»

Il allongea la main et composa le numéro de Myriam. Il lui parla comme d'habitude, sauf qu'au bout de deux minutes, il s'interrompit brusquement avec un petit rire dans la voix. Il cria presque:

«Arrête! Tu me chatouilles!

— Comment? demanda sa mère.

— Pas toi, maman, expliqua Georges qui continua: déménager à Saint-Félicien, sûrement pas tout de suite. Par contre, mon amie aimerait bien te rencontrer.»

Peu après, il acheva l'entretien en disant:

«Mon amie me prie de t'embrasser de sa part.

— Dis-lui que je lui rends son baiser», répondit Myriam d'une voix douce qui cachait un suprême dégoût.

Georges déposa le combiné et partit d'un rire violent qui secoua la tête de Denise posée sur sa poitrine. Elle se releva et, avec à peine un sourire, l'observa. La joie de l'homme lui semblait fausse.

«Tu la hais?» lui demanda-t-elle alors que son hilarité tombait.

Le rire de Georges cessa tout à fait. Il prit quelques secondes pour se calmer un peu.

«Si tu savais tout le mal qu'elle m'a fait! répondit-il.

— Je m'en doute.

— Non, tu ne peux même pas imaginer.»

9

Mi-mars, par un après-midi de douceur printanière, Denise et Myriam marchaient en direction de Saint-Méthode, village situé à douze kilomètres au nord de Saint-Félicien. À leur hauteur, les voitures ralentissaient pour éviter de les éclabousser. Des chauffeurs qui arrivaient par en arrière en profitaient pour jeter de longs regards sur les rondeurs que révélaient les pantalons un peu ajustés de ces dames. Certains se retournaient en les dépassant pour compléter l'examen par un rapide coup d'œil de face. Les deux veuves feignaient d'ignorer ce manège. Pourtant, chacune souhaitait plaire davantage que l'autre. D'un ton légèrement ironique, Myriam demanda à sa compagne:

«Quand me présenteras-tu enfin cette perle rare dont tu ne veux même pas me dire le prénom? Devant tant de mystère, je ne peux m'empêcher de me poser des questions. Est-ce un homme marié? Un de nos personnages publics qui s'offre une maîtresse en cachette? Il m'arrive même de me demander si tu n'es pas jalouse au point de craindre que le cœur de ton bien-aimé chavire en me voyant.

— Peut-être, répondit Denise qui, bonne comédienne, n'éprouva aucune difficulté à emprunter un ton craintif.

— Je ne suis pas Greta Garbo, la rassura Myriam avec un petit rire de gorge qui trahissait le plaisir que lui causait l'inquiétude de sa copine.

— Tu l'as déjà été, précisa Denise pour justifier sa prétendue peur.

— Été? Suis-je donc si défraîchie?

— Certes, tu n'as plus trente ans, mais la plupart des gens pensent que tu es plus jeune que moi. Les blondes se conservent mieux et tu as su prendre la vie du bon côté.»

Ce genre de flatterie ne déplaisait guère à Myriam. Elle écoutait, sans rougir, des récits d'alcôve que son amie lui faisait avec une liberté sans cesse croissante.

«Malgré vingt-trois ans de mariage et trois enfants, je serais morte vierge si je n'avais connu cet homme. Oui, chère, vierge et idiote. Avec mon mari, j'avais honte de montrer mon corps... Ou plutôt, ma gêne provenait de la façon dont ma mère m'avait élevée. Elle disait que les hommes étaient des papillons.

— La mienne disait des «cochons» rapporta Myriam.

Denise reprit:

«Maman enseignait que, pour garder son gars, il fallait éviter de le satisfaire mais plutôt lui laisser croire que, demain, il recevrait ce qu'il quêtait aujourd'hui. Il attendrait ainsi vingt ans au bout desquels il oublierait ce qu'il était venu chercher et resterait, par habitude. Sans bien m'en rendre compte, j'ai mis en pratique les leçons de maman mais, avec un amant, c'est tout à fait différent. Au départ, on sait que c'est du provisoire; alors on lui fait rendre tout ce qu'il a; de ton côté, tu vas jusqu'au bout de toi-même. Le jour où tu t'en lasses, bonjour la visite! Au suivant! Mais tu caches ton jeu pour qu'il s'imagine qu'il te possède. Tu l'endors avec ces vieilles rengaines qui marchent à tout coup: «Chéri, je t'aime. Je ne pourrai pas vivre sans toi. Je n'existais pas avant de te connaître...» etc.

«Mais attention! Il ne faut pas que la farce se retourne contre toi parce qu'ils sont capables de chanter les mêmes boniments! De temps en temps, tu lui achètes un cadeau: une cravate, quelques mouchoirs, un bibelot, comme on apporte un sachet de bonbons à un enfant qu'on a laissé une soirée avec la gardienne. Il s'imagine que la pauvre conne a perdu la tête et qu'il est à la veille de croquer le magot. Dans chaque homme, chère, il y a un gigolo qui sommeille. Ce n'est pas pour rien que les veuves pas trop abîmées sont si courues! Ces goujats ont tellement hâte de flamber les quelques sous que le défunt nous a laissés!»

Myriam évitait de rire mais elle songeait:

«Cette idiote croit contrôler la situation, mais on n'a qu'à lui voir les yeux pour savoir qu'elle a perdu la tête. Je gagerais que son soi-disant professionnel de dix ans plus vieux qu'elle est un chômeur à moitié ivrogne, de dix ou quinze ans plus jeune, dont tout le mérite se borne à la traiter comme une femelle! Ce n'est pas étonnant qu'elle ait honte de l'amener chez moi!»

Fin mars, Denise décida de lui présenter son amant. Myriam protesta:

«Le dimanche de Pâques! Te rends-tu compte? C'est ce jour-là que Georges a choisi pour m'amener son fifi!»

Denise parut surprise. Les deux femmes traversèrent la rue qui borde la berge méridionale de l'Ashuap-muchuan. Denise dit alors:

«C'est peut-être tant mieux. Pourquoi ne pas inviter les deux couples le même jour? Ça te fera moins de travail que de nous recevoir un après l'autre, et la présence de mon ami, que tu aimeras, j'en suis sûre, t'aidera à oublier la tapette de Georges que tu détestes avant même de l'avoir rencontrée.

— Mais que pensera Georges?

— Laisse-moi m'en occuper. Je te promets que, ce soir même, il t'appellera pour te dire qu'il ne s'oppose pas à ma proposition.»

Myriam réfléchit tout en filant à grandes enjambées sur le pont de l'Ashuapmuchuan. En dessous, la neige qui recouvrait la rivière avait pris une teinte grisâtre; la glace ne cessait de s'amincir; au bord des trous d'eau, des goélands montaient la garde, frileux. De temps en temps, sans doute pour se réchauffer, ils s'envolaient en bandes criardes. D'un jour à l'autre, la rivière allait éclater. L'eau sauterait les rapides et, dans un vacarme que l'on entendrait d'un bout à l'autre de la ville, elle emporterait d'énormes blocs de glace vers le lac Saint-Jean. Ce serait le printemps, le renouveau, l'espoir. Myriam sourit et statua:

«Après tout, il va falloir que Georges arrête de faire l'hypocrite. S'il n'est pas capable de reconnaître devant toi qu'il est aux hommes et de nous présenter «sa blonde», on ne sortira pas de cette impasse. Du reste, la ville entière le saura bientôt et tu sais si ça jase ici... Appelle-le donc. On s'amusera un peu ce soir-là!

— Fais-moi confiance, ma chère, lui certifia son amie. Ce dimanche de Pâques, tu ne l'oublieras jamais!»

Entre Denise et Georges, la prétendue homosexualité de ce dernier était devenue une farce. L'amante, comblée à un point qu'elle ne pouvait imaginer, tenait les propos de Myriam pour le délire d'une mère possessive et méchante. L'homme, chaque jour plus certain d'avoir surmonté la malédiction divine, commençait à voir son passé comme un cauchemar qui s'était dissipé à l'instant où il s'était uni pour la première fois à Denise. Dutrissac, humilié par celui qui pendant neuf ans avait rampé devant lui, se tenait coi. Myriam ne possédait pas la moindre preuve de la conduite déviante de son fils. Elle en était arrivée à ses conclusions par simple déduction. Ainsi donc, loin d'appréhender ce dîner, Georges se promettait de bien rire en présentant à sa mère la personne qui partageait sa vie.

Même si Myriam menait une vie sociale discrète, sa garde-robe regorgeait de tenues qu'elle avait à peine portées à l'occasion du mariage de ses filles, d'un baptême, d'une cérémonie de remise de diplôme ou par simple caprice. Cependant, elle tint à souligner ce dîner de Pâques en s'achetant un ensemble. Elle confia à Denise:

«Ce n'est pas donné à toutes les mères de recevoir une telle bru!»

Elle souriait en pensant au décolleté qu'elle porterait. Elle ne put s'empêcher de confier à sa compagne:

«Georges m'a fait passer de si pénibles instants! Quand il a laissé la maison, il y a quatre mois, ma vie s'est arrêtée. C'était pire que la mort. Si je ne t'avais pas eue!... Mais depuis six semaines, mon appétit est revenu.

— Tu as repris ta forme, la félicita Denise.

— Presque. Dix des vingt livres que j'avais perdues, et j'espère ne pas en regagner davantage. J'habillerai un point de moins.

— Tu as rajeuni encore de quelques années. Sais-tu que certaines personnes pensent que nous sommes deux sœurs?

— On me l'a demandé quelquefois, reconnut Myriam.

— Et souvent, on me prend pour l'aînée.

— Ça te déplaît?»

Denise ne répondit pas.

***

Peu avant cinq heures de l'après-midi, en ce dimanche de Pâques, Myriam se contemplait dans le grand miroir de sa chambre. Sa robe, confectionnée sur mesure par le meilleur couturier de Chicoutimi, seyait à merveille pour accueillir la saison nouvelle. La femme ressemblait à une apparition angélique dans cette tenue courte et légère, en soie claire, ornée de motifs floraux. Elle rivalisait avec les fleurs de sa robe, fleur encore plus belle, avec ses cheveux d'or, ses yeux d'azur, sa peau d'albâtre exposée aux épaules, aux bras et jusqu'au milieu des seins. Elle marcha un peu dans sa chambre pour se donner une allure souple et ondulante. Elle rendit encore grâce à Georges de lui avoir fait perdre dix livres, ce qui creusait davantage son ventre, rétrécissait sa taille et lui procurait l'illusion d'habiter de nouveau dans ce corps de jeune fille qui avait échoué sur le lit de Romuald Maynard. Elle songea, en se regardant dans le miroir, que peu de dames de son âge pouvaient prétendre à une telle silhouette; une rougeur colorait ses joues tandis que, éprise de sa propre image, elle se souriait d'aise. Elle fredonnait un air coquin: «Elle avait de tout petits tétons...» lorsqu'on sonna à la porte. Sur ses talons hauts, la poitrine offerte, les cuisses suffisamment à l'étroit pour révéler leur beauté sculpturale, Myriam alla ouvrir. Elle évita de s'exposer à l'air extérieur trop frais pour son corps à moitié nu.

Denise pénétra la première avec, dans les bras, une gigantesque gerbe de roses rouges, au parfum envahissant. Elle les offrit à l'hôtesse en même temps que son sourire et l'embrassa sur les deux joues. Myriam lui rendit son baiser.

«Comme tu es belle! s'écria l'invitée.

— Tu es une fée! lui retourna l'hôtesse. J'adore les roses, les rouges, surtout.»

Elle les porta à son visage.

«Hum! Quel parfum!» fit-elle, les yeux fermés, extatique.

Georges suivait. Il ôta rapidement son manteau, prit celui de son amante et le suspendit dans le placard du vestibule. Il s'approcha de sa mère avec, à la main, une bouteille de champagne tout enrubannée. Il la complimenta:

«Vous êtes ravissante, Madame!

— Merci, Monsieur, répondit Myriam sur le même ton. Vous resplendissez de bonheur!»

Ils s'embrassèrent sur la joue.

L'hôtesse fut un peu surprise lorsque son fils ferma la porte.

«Et les autres? demanda-t-elle.

— Quels autres?» reprirent en chœur Denise et Georges.

Ils souriaient. Myriam, ne comprenant pas leur attitude, insista:

«Comment, quels autres? Mais, ton ami, Denise et le tien Georges.

— Voilà mon ami, répondit Denise en désignant Georges.

— C'est elle, mon amie», fit celui-ci, à son tour.

Myriam parut amusée.

«Je le sais. Mais je veux dire, le garçon avec qui tu vis, Georges; et toi, ton monsieur de Mistassini», insista-t-elle, regardant tour à tour ses deux hôtes.

Denise, tout sourire, s'avança vers Myriam.

«Ta coiffure est ravissante, ma chère», lui dit-elle, en passant une main sur la chevelure blonde ramassée en chignon avec des accroche-cœurs sur les tempes. Ensuite, elle essuya délicatement, du bout des doigts, le rouge que ses lèvres avaient laissé sur les joues de Myriam. Les yeux de l'hôtesse exprimaient le plus grand étonnement tandis que Denise racontait:

«Le monsieur de Mistassini n'a jamais existé, ma chérie. Comment aurais-je osé te parler de l'homme de ma vie – elle se tourna vers Georges – alors que tu me racontais de telles absurdités à son sujet?»

Les paupières de Myriam battaient vite. Perplexe, elle se demandait s'il fallait rire ou s'emporter. Tandis qu'elle restait figée, Denise allongea les mains vers elle en la priant:

«Allons! Donne-moi ce bouquet que je le mette dans un pot à fleurs. Je suis presque chez moi, ici.»

Elle s'empara de la gerbe, s'avança vers le salon, puis se retourna et lança à Myriam, avec un léger sourire:

«Ce n'est pas pour un petit détail de la sorte que tu vas te transformer en statue de sel, ma chérie!»

Elle prit un vase en cristal sur le vaisselier et se dirigea vers l'évier.

Myriam regardait tour à tour son fils et son amie. Elle plaisanta:

«Voyons! On n'est pas au premier avril! Ce n'est pas un poisson d'avril?»

Georges sourit, prit sa mère par la main et la

conduisit au salon. Elle s'assit lentement, ramenant ses jambes sous elle. Il s'installa en face, sur le divan.

«Ma petite maman chérie, lui expliqua-t-il, tout le monde peut se tromper.

— Tu veux dire que... tu n'es pas aux hommes?»

Il rit doucement. Denise lui fit écho tout en remplissant le vase d'eau.

«Tu n'as pas vraiment cru ça, maman?» demanda Georges à son tour.

Elle ne répondit pas.

«J'avais peut-être peur de me marier ou de m'attacher à une femme, expliqua-t-il, de crainte de te laisser seule, mais de là à être comme tu dis...»

Il n'acheva pas, hocha la tête, amusé. Le regard de Myriam traduisait son incrédulité. Son fils renchérit:

«Maintenant que tu sais où Denise passait ses nuits et avec qui...»

Il s'arrêta, frappé par la pâleur de sa mère. Elle promena lentement les yeux des lèvres de Georges au corps de Denise qui approchait pour venir s'asseoir à côté de son amant. Myriam répéta, comme si elle craignait d'avoir mal entendu:

«Vous passez les nuits ensemble...

— Depuis quatre mois, précisa Georges.

— Ça doit t'ôter un poids du cœur, ma pauvre chérie, ajouta Denise, de savoir que ton fils n'a jamais été un perverti mais un garçon qui aimait trop sa mère pour l'abandonner.»

Denise portait une robe aux manches longues, faiblement échancrée, au tissu foncé, une tenue plutôt sévère qui contrastait vivement avec celle, frivole, de l'hôtesse.

«Vous vivez ensemble depuis quatre mois, répéta Myriam, lente à saisir.

— Oui et non... On passe les soirées ensemble et, comme tu le sais, Denise vient tous les jours faire un tour par ici, mais au mois de juin j'espère rénover le chalet, l'agrandir; peut-être même, le mettre à terre et me construire quelque chose de beau, une vraie résidence», expliqua Georges, avec enthousiasme.

Il sourit en s'apercevant qu'il tenait encore le champagne à la main.

«Je vais placer cette bouteille dans un seau avec de la glace. Elle est encore fraîche. Je l'ai sortie du réfrigérateur juste avant notre départ du chalet.»

Il se dirigea vers la cuisine. Denise le suivit des yeux puis, se tournant vers Myriam, elle dit sur un ton de tendre reproche:

«Je suis déçue, ma chère. On espérait te faire une surprise agréable.

— Bien sûr, acquiesça l'hôtesse, d'une voix faible, c'est une surprise agréable!...

— Ne me dis pas que ça te plaît! demanda Denise d'un ton faussement naïf.

— Et pourquoi pas? répondit Myriam, souriante. Mon fils et ma meilleure amie: un beau couple! Pourquoi pas? Si vous êtes heureux...

— Est-ce qu'on en a l'air? s'enquit Denise.

— Certes», admit l'hôtesse.

Elle ajouta, feignant de s'amuser:

«Te voilà rendue ma bru!

— Et toi, ma belle-maman!»

Elles échangèrent un sourire complice, mais Denise prit rapidement un air sérieux et promena son regard sur Myriam, la détaillant du chignon jusqu'au bout des orteils, avec la concentration froide d'un acheteur qui examine un objet de valeur. Elle énonça, d'un ton trop grave pour ne pas être ironique:

«Sais-tu, belle-maman, que tu es encore très désirable? Te rends-tu compte de tout le mal que tu fais? L'homme, les hommes devrais-je plutôt dire, que tu prives du plaisir de te posséder en même temps que tu te refuses des compagnons capables de te rendre heureuse ou, du moins, de te désennuyer un peu?»

Myriam pâlit. Ses lèvres tremblèrent, incapables de sourire. D'une voix cassée, elle demanda:

«Es-tu heureuse avec ton amant ou l'utilises-tu seulement pour te désennuyer un peu?»

Georges avait repris sa place sur le divan. Sa cuisse touchait celle de Denise. Il connaissait bien sa mère et la savait furieuse, alors qu'elle tâchait de le cacher. Denise répondit, en se tournant légèrement vers Georges:

«Mon amant est tout près de moi. Peut-être qu'il pourrait te dire ce qu'il en pense?

— Nous nous aimons», avoua l'homme, simplement.

Comme si elle n'avait pas entendu, sa mère lui demanda aussitôt:

«Tu l'aimes?

— Plus que tout au monde», précisa-t-il.

Myriam sentit son cœur se serrer. Les doigts crispés sur l'accoudoir, elle regarda fixement Georges. Elle prit une profonde respiration comme pour éviter de s'évanouir. Les traits du visage tordus dans un simulacre de sourire, elle dit:

«J'ai soif. Tu pourrais déboucher le champagne. N'as-tu pas dit que la bouteille sortait du réfrigérateur?

— Reste là, mon chéri, s'interposa Denise aussitôt en mettant une main sur la cuisse de Georges qui s'empressait d'obéir. Je vais servir moi-même.»

Les deux femmes se levèrent en même temps:

«Excusez-moi», dit Myriam en se dirigeant vers la toilette.

Son fils la suivit des yeux. Il songea:

«Si ce n'est pas une honte! S'habiller de la sorte, à son âge!»

Il alla rejoindre Denise. Ils rirent à voix basse.

«As-tu vu comment elle s'est mise à moitié nue pour m'agacer? demanda la femme dans un chuchotement.

— Tu crois? fit Georges sur le même ton.

— Elle voulait me rendre jalouse en essayant de provoquer mon «monsieur de Mistassini»! expliqua Denise.

— Elle a drôlement manqué son coup!

— On sert ou on attend qu'elle sorte de la salle de bains? voulut savoir la femme.

— On apporte le tout au salon. On versera quand elle sera de retour.

— Quelle idée de nous demander de servir au moment où elle se lève pour aller à la toilette! observa Denise.

— Le plaisir de faire souffrir. Elle ne changera jamais, expliqua Georges.

— Comment as-tu fait pour survivre trente ans?

— Je me le suis souvent demandé!»

Il se dirigea vers la chaîne stéréophonique et mit sur le plateau un disque compact, *Les Polonaises*.

«Elle raffole de Chopin, expliqua-t-il à Denise.

— Tu te crois encore obligé de lui faire plaisir», lui reprocha son amante.

Sans répondre, prêtant une oreille discrète au piano, il s'avança vers la fenêtre de la salle à manger et jeta un coup d'œil sur la rivière. Elle côtoyait l'arrière-cour. L'eau houleuse charriait d'énormes blocs de glace. Çà et là, quelques canards sauvages plongeaient en quête de nourriture. Denise s'était approchée de lui. Appuyée contre Georges, elle écoutait les anecdotes qu'il rapportait sans pouvoir détacher son attention de la musique tragique et fière que diffusait la chaîne stéréophonique. Il racontait que les oiseaux migrateurs, canards ou bernaches du Canada, quelquefois des oies des neiges, aimaient beaucoup se tenir dans cette partie de la rivière. Ils arrivaient au début du printemps et revenaient à l'automne, mais on ne pouvait les chasser à cause de la violence du courant et parce qu'ils se tenaient au milieu de l'Ashuapmuchuan.

Au bout de quinze minutes, il s'arrêta et demanda à Denise:

«Penses-tu qu'elle avait envie?»

Elle ne comprit pas.

«Envie de quoi? voulut-elle savoir.

— Envie d'aller vraiment à la toilette.

— Et pourquoi y serait-elle allée?

— Je ne sais pas, répondit-il avec des yeux qui trahissaient son inquiétude.

— Pourquoi te faire de la bile? commenta Denise. Quand même qu'elle y serait pour nous bouder.

— Peut-être qu'elle n'osait pas pleurer devant nous», opina Georges.

Et, pour vérifier ses soupçons, il s'approcha sans bruit de la toilette, prêta attention, puis vint retrouver Denise.

«Je l'aurais entendue si elle pleurait.

— Qu'est-ce que tu imagines?

— Rien.

— Tu ne serais pas si inquiet.

— Qui te dit que je suis inquiet?

— Voyons!»

Ils gardèrent le silence quelques minutes. La musique tissait un réseau d'angoisse autour d'eux. Georges regardait la rue mais ne pouvait s'empêcher de penser à sa mère. Il se rendit de nouveau à la toilette, colla l'oreille contre la porte et, presque dans un chuchotement, demanda:

«Maman?»

Il attendit un peu avant de frapper doucement. Ne percevant aucun bruit, il leva le ton:

«Maman!»

Denise le regardait. Perdant contenance, Georges se mit à cogner. Sa voix monta en crescendo angoissé:

«Maman! Maman! Qu'est-ce que tu fais? Réponds!»

Il s'arrêta de crier un instant pour écouter.

«Elle ne répond pas, commenta Denise.

— Je vois bien.»

Perplexe, elle regarda Georges et dit:

«Il faut ouvrir!»

Il actionna la poignée.

«C'est fermé, constata Georges, le front moite. Maman! Maman!» cria-t-il de nouveau.

Ses mains commencèrent à trembler.

«Il se passe quelque chose, bredouilla-t-il.

— Oui.

— Il faut ouvrir.

— Mais comment faire?

— Je ne sais pas!...»

Il recula et se lança de toutes ses forces contre la porte. Elle résista.

«Georges!» cria Denise en essayant de le retenir. Il

la repoussa, recula de nouveau et, prenant son élan, il fonça comme un bélier, l'épaule en avant. Le bois craqua. Georges acheva de défoncer la porte à coups de pieds. Le pêne s'arracha de la gâche. Myriam gisait sur le plancher, inerte. Georges prit la tête de sa mère dans ses mains et sanglota:

«Elle s'est tuée! On l'a tuée!»

Tremblant de tout son corps, il posa son visage sur la poitrine presque nue, baignant de ses pleurs les seins de sa mère. Puis il releva la tête et, avec un visage couvert de larmes, méconnaissable à force de haine et de douleur, il lança à son amante:

«Maudite! Maudite! Oh! Comme je te hais!»

Denise s'accroupit à côté de Georges qui sanglotait. De la main droite, elle soutint le dos de Myriam; avec la gauche, elle repoussa violemment l'homme.

«Ôte-toi de là, ordonna-t-elle. Tu as perdu la tête!»

Il ne résista pas.

Elle se pencha et posa une oreille contre la poitrine de Myriam.

«Son cœur bat! Vite, la police! L'ambulance!»

Tandis que Georges demandait de l'aide, Denise collait ses lèvres sur celles de sa rivale pour lui donner son souffle, sa respiration, la vie.

10

Durant trois jours, Myriam fut plongée dans le coma. Tout portait à croire qu'elle avait prémédité son geste destructeur. La police avait retrouvé, sur le parquet de la salle de bains, deux flacons de somnifères vides, ce qui fit supposer qu'elle avait ingurgité plus de cinquante pilules. Un cerne bleuâtre entourait ses lèvres lorsque Denise l'avait prise dans ses bras. Son corps avait commencé à se refroidir. Son cœur aurait cessé de battre si l'amante de son fils ne s'était éreintée pour lui garder la vie. Durant trois jours, elle demeura immobile; on l'eût prise pour un cadavre sans le va-et-vient monotone de sa cage thoracique et le tremblement sonore de ses lèvres lorsque l'air exhalé des poumons les effleurait. Puis, une lueur de vie apparut quand le faisceau lumineux projeté par la torche électrique du médecin balayait ses paupières, une contraction lente, à peine visible des pupilles. Le lendemain, elle répondit par un réflexe plantaire aux stimulations douloureuses qui, jusqu'alors, l'avaient laissée indifférente. Enfin, elle commença à gémir, puis à bouger les lèvres, les mains, les pieds. Elle ne reconnut personne lorsqu'elle rouvrit les yeux et posa son regard sur les gens qui l'entouraient. Elle restait indifférente quand on l'appelait par son nom.

Georges la visitait matin et soir. Denise venait la voir chaque jour. Au chalet, ils ne parlaient pas d'elle ou ne l'évoquaient qu'en termes brefs. Cependant, quand ils se taisaient, chacun d'eux la rejoignait sur ce lit d'hôpital où elle flottait entre la vie et la mort.

Charlot se rendait compte de leur tristesse et partageait leur chagrin. Il s'écrasait davantage sur les briques, en face du poêle à bois, la tête entre les pattes de devant. Ses yeux larmoyants allaient du visage du maître à celui de sa maîtresse. De temps en temps, il se levait et, en guise de consolation, venait lécher une main.

Deux semaines après son entrée à l'hôpital, les médecins considérèrent Myriam hors de danger. Elle avait retrouvé l'usage de ses membres; toute sa sensibilité était revenue, mais elle semblait un peu confuse. Elle prétendait ne pas se souvenir de ce qui s'était passé, encore moins des circonstances qui avaient précédé l'accident. Georges et Denise appréciaient fort cette amnésie. Ils se gardaient de lui apprendre ce que, selon toute apparence, elle ignorait. La malade s'intéressait davantage à ce qui l'entourait. Un matin, vers la fin d'avril, regardant par la fenêtre de sa chambre, elle dit à Denise:

«Le printemps est arrivé, chère; presque toute la neige a fondu. Le gazon commence à verdir, les bourgeons se gonflent. Si j'étais au dehors, je pourrais respirer l'odeur forte, pénétrante qu'ils dégagent.»

Son amie lui serra la main.

«Dépêche-toi de guérir et les médecins te donneront ton congé. J'ai hâte de retourner me balader avec toi, sentir la terre qui se réchauffe, la sève qui monte dans les arbres.

— On pourrait se rendre en voiture à Normandin, suggéra Myriam, et, de là, on marcherait vers la forêt.

146

— Et quand tu auras retrouvé toutes tes forces, poursuivit Denise, on se rendra à pied jusqu'à la chute à l'Ours.

— On regardera sauter les blocs de glace et les troncs d'arbres arrachés à la forêt», acheva Myriam, les yeux remplis de visions printanières.

Elles se sourirent, complices, comme avant ce tragique dimanche.

Trois semaines après son accident, Myriam rentra chez elle. Elle engagea une femme de ménage pour l'aider et lui tenir compagnie durant sa convalescence.

La guérison de Myriam et le réveil de la nature ramenèrent un peu de joie au chalet. Le soleil ne se couchait pas avant huit heures. En se promenant, après dîner, Denise et Georges empruntaient des sentiers que la neige avait rendus inaccessibles durant les mois précédents. À la brunante, Charlot s'enfonçait dans les bas-fonds, entre les aulnes. Il prenait plaisir à patauger dans l'eau stagnante. De temps en temps, il surprenait un lièvre qui se sauvait par bonds rapides ou bien encore une bécasse qui s'envolait dans un cri perçant. Le chien se figeait alors, attentif, une patte de devant levée. Il s'éloignait rarement de plus de trente mètres. Dès qu'il atteignait cette limite, il trottait jusqu'à ses maîtres et cherchait le regard de Georges, quêtant un ordre. Si l'homme se taisait, il repartait en chasse. L'expression sérieuse qui se lisait dans ses yeux amusait Denise. Un soir, elle dit à son amant:

«Ce chien a un regard tellement intelligent!

— Il est plus intelligent que bien des hommes que je connais, répondit Georges.

— Il a si bon cœur! insista la femme.

— Je ne pourrais jamais me séparer de lui», avoua le notaire.

Comme une enfant qui quête une faveur, Denise prit tendrement la main de son amant.

«Ne trouves-tu pas qu'il fait une vie misérable? lui dit-elle.

— Pourquoi?

— Seul, toute la journée.»

Georges sourit.

«Il est né chien. Il fait une vie de chien. C'est son destin. Qui sait si, dans une vie antérieure, il n'a pas été un seigneur puissant et cruel qui paye, en ce moment, pour ses crimes?

— Tu crois au karma?

— Parfois.

— Des bêtises! Il serait mieux avec un compagnon, suggéra Denise. Il s'ennuierait moins.

— Il ne s'est jamais plaint.

— Tu ne remarques que ce qui te convient. Moi, je te dis qu'il s'ennuie seul.

— Alors, pourquoi ne passes-tu pas tes journées dans le parc, avec lui?» plaisanta Georges.

Pour toute réponse, Denise pinça la main de l'homme qui cria:

«Aïe! Aïe! On n'a plus le droit de parole ici!»

Elle prit la main qu'elle avait meurtrie et la porta à ses lèvres.

«Pauvre p'tit bébé!» le plaignit-elle en l'embrassant à deux reprises sur le dos de la main.

Ils marchèrent lentement, en silence, durant quelques minutes, confondus avec la forêt remplie d'odeurs et de couleurs nouvelles. Un vent imperceptible faisait danser les feuilles tendres des trembles. Les jeunes branches des saules verdissaient de jour en jour. La résine suintait du tronc des sapins qui exhalaient une senteur profonde, sensuelle, presque enivrante. Des grappes de fleurs blanches s'ouvraient, comme des petits parasols, au faîte des merisiers. Rassemblés en bouquets, ces arbres semaient de taches claires les flancs verts des collines.

Ils s'arrêtèrent pour contempler des dicentres à capuchon. Denise s'accroupit pour les regarder de plus près, le visage presque collé sur les clochettes blanches qui dansaient au vent léger. Elle en détacha une, la caressa. Elle la portait vers ses lèvres lorsque Georges l'arrêta:

«Attention! Elle pourrait t'empoisonner!»

Elle se releva; ils reprirent leur marche. Des ruisselets glacés dégringolaient des pentes et se jetaient en chantant dans les fossés. La terre renaissait; elle qui s'était enfouie sous la neige sortait au soleil et regardait passer les amoureux. Denise sourit à Charlot qui chassait avec une énergie plus grande que d'habitude. Elle revint à la charge:

«Pauvre chien! S'il avait un compagnon, il pourrait s'amuser en notre absence. Hier, je suis passée au Refuge Animal...

— Tu es tout le temps rendue là, l'interrompit Georges. Aurais-tu un faible pour le propriétaire?»

Elle ignora la boutade et poursuivit:

«Monsieur Bouchard m'a montré sa dernière acquisition: un épagneul springer dont son maître ne voulait plus parce qu'il n'avait pas le temps de l'entraîner. En outre, le pauvre chien a souffert de troubles digestifs. Il est un peu maigre, mais quelques semaines de soins et rien n'y paraîtra d'ici la fin du printemps.»

La discussion se prolongea plus d'un quart d'heure. Georges ne voulait pas s'encombrer d'un nouveau chien alors qu'il n'avait pas complété l'éducation de Charlot. Et puis, il craignait que deux mâles, dans le même parc, passent leur temps à se battre. Denise suggéra de diviser le l'enclos en deux compartiments pour éviter les querelles. Georges prenait garde d'irriter sa compagne en s'opposant trop catégoriquement à ses désirs car il voulait l'intéresser à un projet qui lui tenait à cœur: il comptait, au début de juin, mettre en chantier la maison de ses rêves, juste à côté du chalet, et raser celui-ci lorsqu'il serait prêt à occuper sa nouvelle demeure. Il tenait à ce que les voisins ne le sachent pas tant qu'il n'aurait pas grossi son domaine en achetant une partie des terrains limitrophes. Autrement, les propriétaires se hâteraient de souffler les prix. Il avait contacté un architecte qui préparait des plans.

«C'est de la pure folie, s'opposa Denise. Ça te coûtera une fortune: deux salons, foyer, une serre, piscine intérieure, un bureau, deux chambres à coucher et le reste. Si un jour tu veux vendre, tu ne retireras pas le quart de ce que tu auras investi.

— Je ne bâtis pas pour vendre mais pour passer le reste de ma vie ici. Je m'en fiche du prix que ça vaudra après ma mort, répondit Georges.

— Es-tu sûr que tu continueras à demeurer dans les bois?

— Aussi sûr qu'il est possible de l'être. C'est ici que j'ai découvert la paix. C'était déjà beaucoup mais le Destin m'a donné le bonheur en t'y amenant.»

Denise lui serra la main pour le remercier. Il lui remit son étreinte sans un mot.

Ils descendirent une pente douce, glissant presque sur le sable fin qui recouvrait le chemin. Six ans plus tôt, la forêt avait été fauchée des deux côtés. La vie renaissait à partir des graines abandonnées sur le sol par les arbres que la hache avait abattus. Georges songea:

«L'automne dernier, lorsque je suis passé par ici, tout semblait mort; aujourd'hui, c'est si vert! Cela ressemble à ma propre existence: un enfer, il y a à peine six mois! Parfois, je me demande si je rêve. Je suis si heureux que j'ose à peine le croire!»

Denise méditait:

«Il rêve s'il croit qu'il m'emprisonnera ici pour le reste de mes jours. On dirait qu'il est fatigué de courir le cotillon; du moins, il le prétend. À quarante-deux ans, moi, je vis ce que les jeunes d'aujourd'hui commencent à dix-huit, quand ce n'est pas plus tôt, et je ne tiens pas à changer mes plans pour lui faire plaisir. Je ne voudrais pas, cependant, qu'il souffre plus qu'il ne sera capable d'en supporter quand je partirai avec Charlot. Je ne peux pas laisser ce chien. Je suis plus attachée à cette bête qu'à n'importe quel être au monde. Les humains sont tellement faux et mesquins! Les meilleurs sont des demi-monstres; quant aux autres, ils ne valent pas la corde pour les pendre! J'espère que je réussirai à refiler à Georges le springer du Refuge Animal. Ce petit animal est tellement turbulent, même s'il n'est pas encore remis de ses malaises! Georges n'arrivera jamais à le contrôler. Il aime les défis; il en aura de jolis avec ce chien qui bouge comme s'il avait le diable au corps.»

Discrètement, elle jeta un regard à Charlot qui se faufilait entre de jeunes pousses de bouleaux et de trembles. Elle soupira. Georges lui demanda:

«Qu'est-ce qui te fait de la peine?

— Rien. Au contraire. Je suis si heureuse! Des fois, je me demande ce que je deviendrais si tu m'abandonnais?

— Je n'en ai guère l'intention.»

Il s'arrêta et immobilisa la femme. Elle se tourna vers lui. Il l'enlaça et lui dit:

«Tu es libre. Tes enfants sont autonomes...»

Il se tut. Elle l'encouragea:

«C'est vrai. Puis?

— Puis... As-tu déjà pensé à refaire ta vie?»

Avec la moue d'une petite fille scandalisée, elle commenta:

«Refaire ma vie? Quelle vilaine expression!

— C'est vrai.

— Alors, pourquoi l'emploies-tu?»

Il la serra davantage.

«As-tu déjà pensé... à te marier?» lui demanda-t-il, tremblant d'émotion.

Surprise, elle recula un peu.

«Me marier? répéta-t-elle.

— Oui, te remarier. Comment pourrais-je mieux te prouver mon amour?»

Elle se décolla tout à fait et se mit à marcher lentement, la tête basse. Il la rattrapa sans hâte et lui entoura les épaules d'un bras.

«Tu me repousses? lui reprocha-t-il, après quelques pas.

— Ne dis pas de bêtises.

— C'est sérieux.

— Tais-toi», lui ordonna-t-elle.

De nouveau, elle chercha le chien. Il avait disparu dans les aulnes. Elle l'appela d'une voix forte:

«Charlot!»

On entendit un bruit de feuilles piétinées et de branches écartées qui, avec un coup de fouet, reprenaient leur aplomb. Le souffle de la bête semblait s'amplifier à mesure qu'elle approchait.

«Bon chien! le félicita Denise en lui flattant la tête. Demain, tu auras un copain.»

Georges ne protesta pas de crainte de contrarier la femme. Elle se tourna vers lui pour voir sa réaction. Il sourit. Elle l'embrassa. Il l'étreignit avec force. Quand il la relâcha, il s'enquit:

«Alors, c'est oui?

— Laisse-moi réfléchir un peu, mon chéri. Je n'avais pas imaginé que tu me ferais une demande en mariage. Je croyais qu'on se promenait simplement pour regarder le printemps. Puis, ta mère...

— À mon âge, je n'ai pas besoin de sa permission, l'interrompit Georges.

— Quand on sait dans quel état elle s'est mise à Pâques! Dommage qu'elle ne s'en souvienne plus! Il faudra tout lui apprendre de nouveau.

— Je n'en suis pas si sûr.»

Denise le regarda, surprise.

«Peut-être qu'elle fait simplement semblant d'avoir perdu la mémoire, suggéra Georges.

— Voyons donc! Elle a passé trois jours dans le coma!

— Et puis! Elle en est sortie, continua le notaire. Graduellement, elle a retrouvé toute sa force, sa sensibilité et sa mémoire sauf pour la journée de Pâques. Curieuse amnésie!

— J'ai lu que ce genre de chose peut arriver après un coup sur la tête; par exemple, après un accident d'auto, insista Denise.

— Tu n'es pas la seule qui a lu de tels articles. Je suis au courant et maman le sait aussi, sans doute. Elle lit presque autant que toi, c'est-à-dire, énormément. Elle n'a pas reçu de coup sur la tête. Son cerveau a souffert d'anoxie, mais il s'est entièrement remis. Alors, son amnésie très sélective, j'ai bien peur que ce soit du chiqué! Le psychiatre qui l'a rencontrée à trois reprises était plutôt mal à l'aise avec moi. Naturellement, il n'osait trahir sa patiente en me révélant un secret.»

Denise demanda en essayant de paraître calme:

«Crois-tu qu'elle serait assez?...»

Elle n'acheva pas.

«Assez bonne comédienne?» compléta Georges.

Denise continuait à se taire. Devant ses yeux, Myriam souriait finement.

«Elle n'accepte jamais la défaite, reprit Georges. Il se pourrait qu'elle soit en train de nous préparer un sale coup...»

D'un ton qui laissait croire qu'elle préférait changer de sujet, Denise demanda:

«Ta proposition était sérieuse?

— Quelle proposition?

— De m'épouser!

— Bien sûr.

— Quand?

— Quand la maison sera achevée; au début de l'automne.

— D'accord.

— Tu acceptes?

— Oui!»

Les lèvres de l'homme se mirent à trembler. Il serra Denise dans ses bras sans proférer un mot.

Elle blottit la tête contre son cou. Elle contractait les mâchoires pour contenir sa rage. Ses yeux grand ouverts fixaient un bloc de pierre ou plutôt le filet d'eau qui, dégringolant de la colline, venait lécher les pieds de la roche. Elle étreignait aussi l'homme. Doucement, du bout de ses doigts, elle lui flattait les cheveux, près de la nuque.

Dans les paupières closes de Georges défila le film de son passé, depuis l'instant où le frère Cléophas l'avait initié aux jeux sexuels avec les hommes, jusqu'au moment où il s'était uni à Denise. Vingt ans presque, en quelques secondes. Les larmes alors jaillirent de ses yeux. Denise sentit sur sa joue le liquide tiède qui lui piquait un peu la peau. Elle songea:

«Tu pleures de joie aujourd'hui. Dommage, car tu paieras pour ta mère. Je t'épouserai pour lui faire mal et je te lâcherai après. Pourquoi te plaindrais-je? Combien de femmes n'as-tu pas fait pleurer?»

Elle se libéra un peu de l'étreinte de Georges et le regarda.

«Tu pleures encore, lui dit-elle. Veux-tu que je boive tes larmes?»

Il respira profondément, les yeux fermés. Elle colla ses lèvres contre les paupières closes de l'homme et, de la pointe de sa langue, elle assécha ses pleurs. Elle fouilla dans une poche du pantalon de Georges, un vêtement épais, en coton ouaté, qu'il mettait lorsqu'il sortait pour une randonnée. Elle y prit un mouchoir et le porta à ses narines. Il s'en empara à son tour.

«Tu ne veux pas que je te mouche?» lui reprocha-t-elle.

Sans répondre, il s'essuya les paupières, puis le bout du nez. Il avala ses larmes et murmura d'une voix saccadée, tant il s'efforçait de retenir ses pleurs:

«J'aspire à devenir ton époux et je me conduis comme un bébé! Quel idiot!

— Vous êtes mon fiancé, Monsieur», lui déclara Denise sur ce ton théâtral qu'elle utilisait volontiers.

Et, avec des gestes aussi déclamatoires que ses paroles, elle poursuivit:

«Ici, en pleine forêt, comme Tarzan et Jane, avec ce soleil rouge qui nous regarde et notre fidèle panthère, Charlot, seul témoin de notre amour... Non; il y a aussi les pousses tendres, les fleurs sauvages, l'eau qui chante, la terre qui sue le printemps et, cachés parmi les souches, des lièvres et des bécasses qui nous épient.

— Sur les branches, perchées pour le repos de la nuit, déclama Georges à son tour, des perdrix nous observent.

— On est si bien loin de la ville! reprit Denise. Oh! donnez-moi mon baiser de fiançailles, monsieur Maynard!

— Je vous le dois, madame Dumont!»

Tandis qu'ils s'embrassaient, Denise songeait.

«Hollywood! Où sont les caméras! Rhett Butler et Scarlett O'Hara! Je vaux bien un Oscar, non?»

Quand ils se détachèrent l'un de l'autre, ils échangèrent un regard où la tendresse et le désir se confondaient, et, sans hâte, ils rentrèrent au chalet.

Le lendemain, peu après neuf heures, Denise reprit

la route en direction de Saint-Félicien. À perte de vue, suspendus entre ciel et terre, les nuages déroulaient un tapis houleux, fragmenté en monceaux de nuances variées; certains, éclatants, gorgés de soleil; d'autres, au contraire, d'un gris foncé, presque noir, chargés de menaces.

En arrivant au cœur du village, l'attention de la femme fut attirée par un attroupement. Le long de la route, sept ou huit voitures s'étaient arrêtées; leurs occupants étaient descendus. Tournés vers le parc municipal qui servait de terrain de camping, ils regardaient dans la même direction. Ils bavardaient avec une joyeuse animation; certains pointaient du doigt le lac artificiel que l'on utilise pour la baignade en été. Denise immobilisa sa Cadillac bleu ciel. Un habitant l'aperçut et, avant même qu'elle ne l'interroge, il s'avança, le sourire aux lèvres:

«C'est à cause des outardes», lui expliqua-t-il, en voyant sa mine perplexe.

D'un geste de la main, il lui indiqua l'étang et continua:

«Regardez sur les bords, là, sur le gazon: des outardes. Elles sont arrivées hier, vers les quatre heures de l'après-midi. On sait pas d'où. Une, d'abord. Le gardien du parc croyait qu'elle était blessée. Mais, non. Une couple d'heures plus tard, les autres sont venues la rejoindre. Vingt-trois, en tout. Elles se sont installées là. On peut les approcher, quasiment les toucher avec la main. Elles mangent le gazon qu'on a semé.»

Avec un petit rire, il ajouta:

«On n'a jamais vu ça, à Saint-François-de-Sales!

— Et vous les laissez faire? s'étonna Denise.

— Pire que ça! Le monde leur apporte de quoi manger. Les campeurs voudraient les garder sur le terrain malgré les dégâts qu'elles causent. On a même fait venir la télévision communautaire pour filmer ça! Venez voir de plus près», insista l'homme.

Elle descendit et s'avança jusqu'à un talus surmontant la clôture qui entourait le parc.

«C'est la saison des amours, songea-t-elle. On dit que les outardes se marient et forment des couples fidèles jusqu'à la mort.»

Gérard, son époux, était décédé d'une crise cardiaque, mais des rumeurs prétendaient qu'elle lui avait donné un joli coup de main pour qu'il lève plus vite les pieds. On disait même qu'elle lui avait littéralement brisé le cœur.

Elle repartit brusquement comme si elle cherchait à fuir ce spectacle empreint d'amour et de simplicité qui jurait trop avec la noirceur de ses intentions et de son passé.

En approchant de Chambord, du sommet d'une colline, elle découvrit le lac Saint-Jean. À travers la glace amincie par les pluies et les tiédeurs printanières, elle devinait l'eau qui, d'un instant à l'autre, ferait éclater la couche rigide qui la recouvrait. Elle ne pouvait détacher les yeux de cette immensité sombre et tourmentée, assemblage chaotique de plaques noirâtres et de bandes d'un gris sale qui lui rappelait son monde intérieur; il évoquait, en outre, un champ nu où, au début du printemps, la neige souillée achève de fondre.

«Chaque année, songea-t-elle, au mois de mai, lorsque le soleil chauffe et que le sol dégèle en profondeur, on porte en terre les trépassés de l'hiver.»

Elle frissonna et serra plus fort le volant. Elle cligna des paupières dans l'espoir de chasser une vision pénible quoique encore floue. Mais, au contraire, le souvenir de son époux, décédé vingt-deux mois plus tôt, s'imposa avec une netteté cruelle. Elle se demanda:

«Est-ce que tout s'achève quand on enterre un homme ou est-ce qu'il continue à vivre dans l'au-delà? Est-ce qu'il ressuscite un jour pour venir juger ceux qui l'ont fait souffrir?»

Le temps était tellement doux qu'elle avait baissé les vitres. En descendant la colline, ses oreilles se mirent à bourdonner. Sa peur s'accrut. Il lui semblait qu'une foule proférait confusément des accusations contre elle.

«Je ne l'ai pas tué, protesta-t-elle, la gorge sèche. Au contraire, je lui disais qu'il travaillait trop. Deux infarctus.»

À quarante-quatre ans, il était invalide et attendait une greffe cardiaque. Elle s'était lassée de rester à la maison et, depuis quelque temps, elle s'était mise à fréquenter un gymnase. C'est là qu'elle avait découvert Myriam. Elle avait utilisé la flatterie pour s'approcher de celle dont toutes les femmes enviaient la beauté. Myriam n'avait pu refuser ses invitations.

«Des parvenus, se disait-elle, je vais aller prendre un café chez eux pour voir comment ils sont organisés.»

Elle lui avait retourné la politesse. Denise avait réalisé tout de suite l'attachement passionné de Myriam pour son fils et avait juré de le lui enlever. Georges l'avait courtisée dès la première visite. Elle avait joué les indifférentes.

Un après-midi, en arrivant à la maison, elle avait trouvé son époux étendu sur une chaise longue, au bord de la piscine. Elle avait éprouvé une haine mortelle pour cette loque qui encombrait son existence.

«Et s'il trouvait enfin un donneur, songea-t-elle, et que la greffe réussissait?»

Depuis son dernier infarctus, Gérard était devenu impuissant. Son médecin lui avait interdit toute forme d'excitation sexuelle.

Denise avait mis un bikini et était descendue dans la piscine. Diète, exercices et soins esthétiques avaient transformé son corps. Durant dix minutes, elle avait nagé. Il la dévorait des yeux. En sortant de l'eau, elle lui avait tendu une serviette. Il l'avait essuyée sans hâte. Sa respiration dénotait un effort croissant. Il s'était attardé sur les hanches, puis avait glissé un doigt sous le slip. Elle avait stimulé la jouissance pour l'exciter davantage. Il s'essoufflait; elle gémissait pour lui faire croire qu'elle perdait la tête. Il s'était écroulé en râlant. Le lendemain, il mourait à l'hôpital.

***

À Val-Jalbert, la chute, haute de plus de quarante

162

mètres, enfin libérée du carcan de l'hiver, déferlait dans un chant violent et triomphal. L'eau bondissait avec des gerbes d'écume, lissant le dos sombre des roches qui tapissaient le fond. Denise regarda, avec un vague sentiment d'angoisse, le torrent qui se rétrécissait encore en se faufilant entre les piliers d'un viaduc tout proche. Après avoir franchi cet obstacle, il s'étalait pour gruger, jour après jour, le lac encore gelé. Le courant y creusait des chenaux irréguliers qui s'avançaient profondément en direction du centre. Cela lui fit penser à un gigantesque membre noir et tourmenté dont les doigts crochus et maléfiques déchiquetaient la glace.

Malgré ses efforts pour enterrer ses remords, elle se sentait encore crispée au centre de Roberval. À peine reconnut-elle le boulevard Marcotte où, pourtant, elle avait grandi. Tout semblait irréel. Soudain, il lui sembla que les maisons la regardaient. À travers leurs fenêtres, comme des lèvres, certaines murmuraient:

«C'est elle!... Pour être habile, elle est habile! Un coup bien monté.

— Avez-vous vu comme elle profite de l'argent du défunt? chuchotaient d'autres. Le pauvre! Lui qui avait tant travaillé! Une veuve rafistolée avec les piastres du mari, mais elle ne l'emportera pas en paradis!»

Sur les parterres, le gazon avait commencé à verdir, piqué çà et là des premiers pissenlits. Le long du boulevard, des baquets gorgés de fleurs multicolores décoraient les devantures. Un sourire flottait sur les lèvres des passants et dans leurs yeux brillaient les rayons du soleil printanier.

11

Parvenue au centre de la ville, sur sa gauche, Denise vit une boutique de fleuriste.

«Je devrais descendre, se dit-elle. Voilà des années que je n'ai vu Claudette. Cette grande folle m'a toujours fait rire. Je me souviens de ses prises de bec avec les sœurs quand on était à la petite école. Elle a toujours eu des idées à part.»

La boutique avait une façade attrayante, en lattes de cèdre disposées verticalement, peintes de différentes couleurs. La porte au cadre de chêne massif entourant une vitre épaisse était décorée, en son centre, de motifs floraux givrés. Une vitrine de forme polygonale, surmontée d'un parasol lilas, bombait au dehors. Elle exhibait des fleurs en papier de soie qui côtoyaient des espèces naturelles: bégonias, gloxinias, primevères, violettes africaines, anthurium.

Denise stationna son auto en face.

Elle traversa le boulevard presque en courant, moins pour éviter les voitures que pour fuir des rêveries qui ramenaient à la lumière des remords qu'elle avait enterrés en même temps que son mari. Elle ouvrit la porte avec force. La propriétaire, une grande rousse absorbée par sa tâche, ne leva même pas la tête. Un vague sourire planait sur ses lèvres. Sa respiration ample, un peu accélérée, témoignait de son émotion. Ses doigts habiles et caressants travaillaient un arrangement floral très serré, miniature empruntée à l'art nippon. Elle fronça les sourcils lorsque la porte claqua, livrant passage à quelqu'un qui venait la déranger. Une telle indifférence devant la clientèle amusa un peu Denise.

«Y a-t-il quelqu'un?» demanda-t-elle, ironique.

Claudette leva les yeux.

«Toi! s'écria-t-elle.

— Tu me regardes comme si j'étais un fantôme!» commenta la visiteuse, plantée devant la porte.

Claudette restait bouche bée. On lisait sur son visage qu'elle aimait la bonne chère; elle ne détestait ni la bière ni les vins râpeux; elle faisait honneur aux desserts. Sa peau semée de taches de rousseur bombait, soulevée par une couche de graisse qu'elle nourrissait sans parcimonie. Elle l'étalait, d'ailleurs, aux endroits où elle la savait particulièrement succulente, au haut de la poitrine, là où naissaient ses seins qui, comme deux pamplemousses frais serrés dans un panier trop étroit, se frottaient l'un contre l'autre et sautaient quand elle riait. Elle tenait tellement à ses rondeurs qu'elle portait une robe passablement ajustée afin de mettre en valeur son vaste tablier de Vénus. Ses lèvres étonnées et charnues montraient des dents petites, irrégulières et propres. Son nez court, presque insolent, était planté comme une trompette au milieu de sa figure ronde. Les yeux bleus reflétaient une curiosité d'enfant brillante, une de ces gamines capables d'épuiser un cercle d'adultes à force de questions. Sa voix riait, s'enflait d'indignation ou s'effritait selon ses états d'âme.

Quand elle fut revenue de sa surprise, Claudette s'avança, les bras tendus, en déclamant:

«Sa Majesté la reine de Saint-Félicien daigne rendre visite à son humble servante!

— Tu ne changeras jamais! répondit en souriant la visiteuse.

— Mais si, mais si, protesta la fleuriste. J'ai pris de l'importance du côté de mon tour de taille!»

Denise s'écarta, la balaya du regard puis, d'une main légère, lui flatta les flancs:

«Tu es toute mignonne! Ces rondeurs te vont à merveille!

— Et toi? Une vraie star! Es-tu en amour?

— Indiscrète!»

Denise jeta un coup d'œil circulaire. Avec une admiration sincère, elle s'exclama:

«Que c'est beau!»

Claudette rougit comme si, à l'improviste, son amant lui avait plaqué un baiser sur la nuque. Elle fit faire le tour du propriétaire à la visiteuse. L'intérieur du magasin était d'une propreté méticuleuse malgré son achalandage. Aux couleurs gaies de la façade succédait un véritable arc-en-ciel végétal. Aucune nuance n'y manquait, représentée des façons les plus diverses: fleurs en papier de soie, longues tiges couvertes de feuilles naturelles importées du Costa Rica, plantes cultivées en serre ou venues de la Côte d'Azur, arbustes d'intérieur de tailles variables, épineux ou à feuilles grasses. L'éclairage avait été aménagé pour mettre en valeur la marchandise, de sorte que la boutique ressemblait à une galerie d'art où les couleurs se confondaient de façon harmonieuse. Un parfum de lavande flottait partout. Une musique de fond, douce et discrète, accompagnait à merveille le rire en cascade, un peu voilé, de la propriétaire. Une vitrine séparait le magasin en deux pièces de différentes dimensions. Elle s'élevait du plancher au plafond et regorgeait de fleurs naturelles: roses, œillets, tulipes, marguerites, orchidées. L'arrière-boutique servait d'atelier où un garçon et une fille travaillaient avec des gestes délicats. Ils se parlaient à peine et seulement dans un langage bref, proféré d'une voix basse, comme s'ils craignaient de déranger les fleurs. Ils levèrent à peine la tête lorsque Denise pénétra dans ce coin, leur sanctuaire.

De retour à la pièce principale, la visiteuse se sentait mal à l'aise. Sans bien s'en rendre compte, elle serrait les bras autour de son tronc comme si elle voulait réduire son corps pour occuper le moins d'espace possible. Les yeux humides, elle joignit les mains devant le visage et répéta, presque dans un souffle:

«Que c'est beau!

— Tu trouves?» demanda Claudette, visiblement flattée.

Denise avait l'impression de passer à côté de quelque chose d'essentiel, de se tromper en persévérant dans la voie qu'elle avait choisie: écraser tout ce qui se dressait sur son chemin pour assouvir ses désirs. Comme un noyé qui s'accroche à la première branche, elle prit la fleuriste par le bras et, brusquement, lui demanda:

«Es-tu heureuse, Claudette?

— Pourquoi me poses-tu cette question? lui retourna celle-ci, surprise.

— Comme ça... Toutes ces fleurs...

— Pour moi, ces fleurs ne sont pas vraiment des fleurs», lui répondit Claudette.

Elle se dirigea vers la vitrine placée au centre de la boutique, y prit une rose rouge montée sur une tige le long de laquelle, au léger mouvement qu'elle leur imprima, tremblèrent des feuilles larges et dentelées d'un vert éclatant. Elle la caressa, huma son parfum, les yeux fermés. D'une voix lointaine, elle dit:

«Tu me demandes des choses! Tu sais que je radote souvent, surtout quand je me lance dans des sujets abstraits comme le bonheur. Est-ce que c'est sage de répondre?»

Son visage si proche de la rose irradiait une joie profonde et calme qui contrastait avec l'angoisse qui se lisait dans les yeux de la veuve.

«Parle, parle, je t'en prie, insista Denise. C'est vrai que, des fois, tu dis des choses que je ne comprends pas sur le coup ou qui me font rire. Mais souvent, après, elles me travaillent et je finis par leur trouver un sens.»

Claudette ouvrit les yeux. Elle regarda Denise et lui confia:

«Je n'ai pas eu, comme toi, la chance de me marier et d'avoir des enfants...»

Denise l'interrompit aussitôt et proféra, presque avec colère:

«Une chance! C'est toi qui le dis!»

Claudette poursuivit, comme si elle n'avait pas entendu:

«Les fleurs, ce sont mes bébés. Durant plus de quinze ans, j'ai travaillé comme infirmière. Un bon salaire, crois-moi, du moins comparé à celui que cette boutique me rapporte. Mais j'étais malheureuse. Je ne correspondais guère à l'image de la «super-woman» que la direction voulait. Je n'étais qu'une pauvre fille remplie d'amour pour ses patients et qui, en retour, espérait un peu d'amour. Il y en avait de gentils; beaucoup d'indifférents; quelques-uns étaient ingrats, méchants et jaloux. Hélas! C'est de ceux-là que je me souviens le plus! Quand le jeudi arrivait, j'avais l'impression qu'on me payait pour les insultes que j'avais gobées durant la semaine. Tu ne peux pas imaginer toute la souffrance qu'il y a dans les hôpitaux! Malheureusement, les employés contribuent largement à créer leur propre enfer à force d'intrigues et de luttes de clan. Au niveau supérieur, guère mieux: pour un oui, pour un non, les haut placés brandissent des règlements qui ne servent qu'à écraser ceux qui dérangent l'establishment. Nous vivons, aujourd'hui, dans une société dirigée par des médiocres où seuls les médiocres ont le droit de réussir. Il ne faut surtout pas dépasser la moyenne car alors on menace le médiocre qui est au pouvoir. Il fera tout pour limoger un rival potentiel. Le médiocre régnant s'entoure de plus médiocres que lui, de gens qui ne sont pas du tout menaçants mais dévoués, c'est-à-dire, des complices obséquieux. Ce sont ceux-là qui lui succéderont comme lui a succédé au médiocre qui le précédait. La seule chose qui importe, c'est l'image: l'image de l'honnêteté, de la compétence, de l'affabilité. Sois ce que tu veux, l'être ne compte pas! Sa simple existence dérange. Ainsi, administrés par des fonctionnaires qui ont d'autant plus de pouvoir qu'ils sont remplis d'ignorance, les hôpitaux du Québec sont, aujourd'hui, de vastes bordels où les travailleurs de la santé, du premier au dernier, se prostituent pour un salaire.

— C'est aussi le sentiment de bien des instituteurs, l'interrompit Denise.

— Et de beaucoup d'employés de la justice, policiers et gardiens de prison, entre autres, ajouta Claudette. C'est tout le système qui est pourri. Il prône la défense du faible aux dépens du fort. Ça paraît beau de loin. En fait, c'est détruire, en grande partie, l'essence même de l'autorité.

— L'autorité! répéta Denise. Parlons-en! Aujourd'hui, ce sont les enfants qui font la loi. Si les parents les réprimandent, c'est de la cruauté mentale. Un châtiment physique et on est traduit devant les tribunaux. Pas étonnant que tant de parents démissionnent...

— En tant qu'infirmière, poursuivit Claudette, j'en étais venue, certains jours, à éprouver de la haine pour des patients. Avant de commettre un acte irréparable, j'ai tout lâché. Depuis cinq ans que j'ai cette boutique, ça n'a pas toujours été rose. Combien de commandes ai-je reçues depuis que tu es arrivée? Aucune. Malgré tout, je suis heureuse, car je fais, aujourd'hui, quelque chose qui me plaît. Les fleurs ne me blessent pas comme les humains même si quelquefois leurs épines me piquent. Mes amants sont arrivés; puis, ils sont repartis; elles, elles ne m'ont jamais abandonnée. À la longue, je suis tombée amoureuse de mes fleurs; les peines, les joies, tout ce qui se passe sur la terre, ça n'a plus tellement d'importance pour moi. C'est fou, mais c'est comme ça. Malheureusement, j'ai contaminé mes deux employés. Ils oublient tout quand ils sont avec des fleurs, même en papier de soie...

— J'aurais tellement voulu être à leur place! l'interrompit Denise.

— De quoi te plains-tu? lui demanda Claudette. Fille de juge et riche, on t'enviait toutes, à l'école, pour ton intelligence et ta beauté. Tu as épousé un ouvrier fruste sur un coup de tête au lieu d'entrer à la faculté de droit comme tes parents l'espéraient. Mais ton mari s'est raffiné au contact de sa belle-famille. Il a voulu montrer de quoi il était capable; il est devenu entrepreneur général; il s'est tué à travailler et, en mourant, il t'a laissé une fortune. Toi, tu t'es bien conservée. Aujourd'hui, tu possèdes l'amant que toutes les femmes convoitent, le beau notaire Georges Maynard.

— Ah, oui? Et comment le sais-tu?

— J'ai livré des fleurs à l'hôpital à ta future belle-mère.»

Denise pâlit.

«Myriam t'a dit ça? demanda-t-elle, incrédule.

— Bien sûr. Elle semblait très fière, d'ailleurs. Après tout, tu es sa meilleure amie, non? À quand les noces?

— Quelles noces?

— Cachottière! Vous n'allez pas vous marier?

— Myriam t'a dit qu'on allait se marier? questionna Denise.

— Elle a même l'air d'avoir hâte, précisa la vendeuse.

— Et moi qui craignais...»

Elle n'acheva pas. Un peu surprise, Claudette la regardait. Le visage de la veuve semblait couvert d'un voile où la tristesse, la déception et la perplexité se confondaient.

Claudette commenta:

«On vit toujours dans la peur quand on aime. L'amour d'un homme est tellement plus fragile que celui d'une fleur!»

Elle baisa la rose qu'elle tenait à la main.

«Tu crois que tes fleurs t'aiment? lui demanda Denise.

— Oh! Je suis comme toi: je crois ce qui me plaît!»

Denise s'efforça de sourire. Brusquement, elle allongea la main et prit la rose que Claudette caressait.

«Fais-moi un bouquet, ordonna-t-elle, un gros; deux douzaines!

— Ah! L'amour! commenta la fleuriste.

— Oui, l'amour, répéta la veuve, amère. Passe-moi une carte que j'écrive la dédicace. C'est pour ma future belle-mère.

— Faut pas trop la gâter, même si ça me fait vendre des fleurs», conseilla Claudette en lui tendant un stylo à bille et une carte.

Denise réfléchit un instant puis écrivit:

Chère Myriam,
Chère Maman,

Nous désirons, avec ce bouquet, t'annoncer qu'au fond des bois, hier, nous nous sommes promis l'un à l'autre. Nous espérons, au début de l'automne, unir nos destinées.

Avec tout notre amour.

Denise
et
Ton fils, Georges.

Elle sourit, satisfaite. Elle remarqua la curiosité qui brillait dans les yeux de la vendeuse et lui tendit la carte en disant:

«Lis.»

Claudette jeta un coup d'œil et sourit à son tour.

«C'est gentil, commenta-t-elle.

— Gentil, n'est-ce pas?» répéta Denise.

Un peu mal à l'aise, la fleuriste ajouta:

«Ta meilleure amie qui devient ta belle-mère... C'est pas un peu spécial, non?

— Où donc vas-tu chercher ça?

— C'est vrai. L'amour est aveugle. C'est ça qui est le plus bête, d'ailleurs.»

Claudette choisit deux douzaines de roses. Elle les enveloppa dans un papier cellophane et les lia avec un ruban tandis que Denise songeait:

«Il y en a qui sont faits pour le bonheur; d'autres, non. C'est peut-être trop simple, le bonheur: rire à propos de tout et de rien, comme Claudette; manger à sa faim sans crainte d'engraisser; avoir juste assez d'argent pour vivre; accepter que des hommes nous prennent aujourd'hui et nous abandonnent demain; aimer les fleurs... Ou bien, comme Georges, se pâmer chaque fois qu'on voit la lune, s'amuser à courir après elle dans le fol espoir de l'attraper. Je trouve tout ça niais. Le bonheur n'est sans doute pas fait pour moi.»

Lorsque Claudette lui tendit le bouquet, Denise lui remit un billet de cinquante dollars puis se hâta vers la porte. La fleuriste la rappela:

«Attends! C'est juste vingt-quatre dollars!

— Garde la différence! Je te dois bien plus que ça!

— Es-tu folle?

— Ça se pourrait!»

Elle traversa le boulevard Marcotte sans se soucier de la circulation. Elle plaça les roses sur le siège baquet proche du sien.

À la sortie de la ville, elle s'arrêta au Refuge Animal. Elle ordonna de préparer le springer, précisant qu'elle viendrait le chercher à cinq heures.

12

Juste avant d'arriver à Saint-Prime, village à mi-chemin entre Roberval et Saint-Félicien, Denise se regarda dans le miroir fixé au pare-soleil.

«Je n'irai pas chez Myriam avec cette face, se dit-elle. Elle verrait trop bien que quelque chose me tracasse et elle me poserait des questions. Pourquoi ne l'ai-je pas laissée mourir? Je lui ai sauvé la vie; en retour, elle joue les idiotes pour m'endormir et me faire tomber dans je ne sais quel piège!»

Elle eut un petit rire nerveux avant d'ajouter:

«Tu me crois bien bête si tu penses m'avoir! On va se parler. Tu ne pourras plus faire semblant d'ignorer qui je suis pour ton fils.»

Incommodée par la tension qui lui serrait la gorge et crispait ses épaules, elle s'exhorta:

«Il faut que je me calme avant d'aller chez elle!»

D'ordinaire, rien ne la reposait autant qu'une randonnée sur les chemins en gravier qui traversent la campagne autour de Saint-Prime. Devant l'église du village, elle tourna à gauche, dans la direction opposée au lac Saint-Jean. Elle longea des champs d'avoine et de seigle à peine ondulés. Ils s'étendaient sur des kilomètres pour s'éteindre au pied d'une forêt dont la bordure sombre et hachurée se détachait contre l'horizon couvert de nuages. Jetant les yeux des deux côtés, elle chercha, le long des fossés, des rosiers sauvages. Elle découvrit quelques buissons mais les fleurs n'étaient pas encore écloses. Elle s'arrêta en face d'un bouquet de marguerites qui poussaient dans un pré et descendit de l'auto. Elle aimait regarder les vaches jusqu'à ce qu'elles la remarquent et tournent la tête dans sa direction tout en continuant à mâcher d'un air pensif, bougeant de temps en temps les oreilles pour chasser une mouche ou un moustique. Appuyée contre un poteau de l'enclos, perdue dans sa contemplation, elle se mit à penser aux années où elle se promenait avec son époux, cueillant fraises, framboises, myrtilles en bordure des terres que son beau-père cultivait à La Doré. Ils habitaient un logement minable; Gérard s'était acheté un tacot qui, une fois sur deux, durant le long hiver du Lac-Saint-Jean, refusait de partir le matin. Puis, elle se rappela la conversation qu'elle venait d'avoir avec Claudette.

«C'est vrai que je l'ai épousé juste pour blesser mes parents, admit-elle. Je leur en voulais tellement après ce que ma mère m'avait appris au sujet de papa! Pour les atteindre, je faisais tout ce qui pouvait leur déplaire, en un mot, je ne cherchais qu'à me détruire. Mais, à la longue, je me suis laissée attendrir par Gérard; j'ai fini par l'aimer. C'est son orgueil qui l'a perdu. Il souffrait tant des moqueries de mes frères comme si, parce qu'il ne savait pas tenir une fourchette, il n'avait aucune valeur. Pour se venger, il s'est mis en tête d'amasser de l'argent. Par en avant, tous, y compris le maire et le député, étaient à genoux devant lui. Par en arrière, chacun le traitait de parvenu. N'empêche qu'il a eu sa vengeance le jour où mon père, puis mes deux frères, le médecin autant que l'avocat, sont venus lui emprunter des sous...»

Tandis qu'elle ressassait ses souvenirs, l'une après l'autre, les vaches tournèrent la tête vers elle. Les veaux suivirent l'exemple de leur mère et, bientôt, tout le troupeau la regarda. Il lui sembla que les bêtes réfléchissaient, et même qu'elles se posaient des questions à son sujet. La plus grosse s'approcha lentement. Le poids de ses pis gonflés l'essoufflait à chaque pas. Elle avait les naseaux humides, les yeux globuleux, l'air de parler avec son mâchonnement, comme si elle demandait:

«Dis-nous donc, la femme, ce que ta mère t'a conté pour te mettre dans cet état.»

L'énorme tête était à portée de Denise. D'ordinaire, elle l'aurait flattée. L'insistance de la vache lui fit peur. Elle remonta en voiture et prit la direction de Saint-Félicien.

Onze heures sonnait à peine lorsqu'elle arriva chez elle. Sa maison, un vaste bungalow en pierre taillée, de couleur grise, s'élevait sur la berge nord de l'Ashuapmuchuan, dans le chic quartier Saint Eusèbe. Elle se gara dans l'allée du garage et descendit. Elle jeta un coup d'œil autour d'elle: les rosiers étaient encore cachés sous des abris en silicone qui les protégeaient d'une éventuelle gelée; les tulipes, écloses depuis une semaine, vivaient avec éclat leur existence éphémère; le gazon commençait à verdir; au bout des branches, les feuilles petites et tendres des bouleaux venaient à peine d'apparaître. Un vent léger, chargé de parfums sauvages, les faisait danser.

Elle ouvrit la porte. Rien n'avait changé depuis son départ, trois jours plus tôt, un vendredi matin. Son fils n'avait donc pas mis les pieds à la maison. Rien à ramasser.

«Il fait la noce, se dit-elle. Est-ce qu'il couche encore avec la fille qu'il m'a présentée il y a quinze jours ou bien l'a-t-il déjà remplacée? Il change si souvent! Bah! Il fait bien d'en profiter! La vie dure si peu de temps!»

Elle n'avait pas faim. Elle décida de nager, espérant que ça la détendrait. Peu après le décès de son époux, elle s'était fait construire une piscine intérieure dans une rallonge située en arrière de la maison. Longue de dix mètres, large de cinq, elle avait un fond de la couleur des yeux de Denise, jade. La précédente, creusée dans la cour, ne pouvait servir que quatre mois par année. En outre, elle regorgeait de souvenirs que Denise voulait enterrer.

Vers deux heures, elle sonna chez Myriam qui ouvrit aussitôt. Elle portait un pantalon bleu pâle et un chemisier blanc. Chaussée d'espadrilles, elle était maquillée discrètement, mais avec goût. Denise lui demanda:

«Ta femme de ménage n'est pas là?

— Je lui ai donné congé vendredi, répondit Myriam, apparemment heureuse de la voir.

— Définitivement? insista Denise.

— Bien sûr! Je me porte à merveille! Mais où vas-tu avec toutes ces roses?

— Elles sont pour toi!»

Myriam avança les mains. Elle serra les fleurs contre sa poitrine sans pouvoir parler tellement elle semblait émue.

«Comme elles sentent bon! dit-elle, en approchant le bouquet de son visage. Un parfum encore plus enivrant que celui des roses que vous m'avez offertes à Pâques!

— Tu t'en souviens?» s'étonna Denise.

Myriam sortit un mouchoir de baptiste de la poche de son chemisier; elle s'essuya les yeux et le bout du nez. Avec un certain embarras, elle avoua:

«Je me souviens de tout!

— Je croyais...» articula Denise.

Myriam l'embrassa chaudement sur les joues et la supplia, une main posée sur son épaule, l'autre tenant le bouquet:

«Me pardonneras-tu un jour? Je vous ai tellement fait souffrir, toi et Georges!»

Denise n'en croyait pas ses oreilles.

«Viens, ma chérie», la pria Myriam en la prenant par la main.

Elle la précéda au salon, mais, avant de s'asseoir, apercevant la carte attachée au bouquet, elle s'exclama:

«Que c'est gentil!»

Elle lut et, du même ton, elle reprit:

«Vous allez vous marier! Je suis tellement heureuse! Laisse-moi t'embrasser encore!»

Elle la serra dans ses bras et appliqua un baiser sur chaque joue de sa future bru. Elle la relâcha à regret pour placer le bouquet dans le pot qui avait reçu les roses à Pâques.

«Tu ne me croiras peut-être pas, dit-elle, tout en arrangeant les fleurs, mais ce matin, après le petit déjeuner, j'ai mis à refroidir le champagne que vous m'avez offert il y a six semaines. Un pressentiment. Cependant, jamais je n'aurais imaginé que j'allais déboucher ce Dom Pérignon pour fêter tes fiançailles avec mon fils!»

Elle sortit la bouteille et deux flûtes en cristal, remplit un broc avec de la glace et de l'eau sans cesser de parler:

«Il faut qu'on se dise la vérité, ma chérie, toute la vérité afin qu'il n'existe plus le moindre malentendu entre nous. Ne t'imagine surtout pas que ce sera facile pour moi.»

Elle fit une pause pour empêcher l'émotion d'étouffer sa voix.

«Je n'ai pas été correcte avec vous à Pâques, avoua-t-elle. Je ne suis pas un monstre mais seulement une mère possessive.»

Denise gardait le silence, respirant à peine.

«Georges est tout pour moi. Je n'ai pas eu d'homme dans ma vie depuis la mort de son père. Sans m'en rendre compte, je m'étais trop attachée à lui... Je lui demandais l'affection que Romuald ne me donnait plus.»

Elle se tut de nouveau. Denise eut l'impression qu'elle avalait un sanglot.

«J'ai compris tout cela à l'hôpital. Un médecin m'a aidée, un psychiatre, figure-toi. Ça m'a pris un de ces docteurs de fous pour comprendre! J'avais tellement honte au début! Mais, visite après visite, je trouvais que ça m'aidait, presque malgré moi. Si tu savais à quel point j'ai souffert, peut-être que tu pardonnerais mon geste de désespoir et ce simulacre d'amnésie qui...

— Je t'en prie, l'interrompit Denise. C'est nous autres qui devrions te demander pardon. On aurait dû se douter de la peine qu'on te faisait, mais nous ne pensions qu'à nous...

— Tu es trop bonne», la remercia Myriam.

Elle servit. Elles portèrent un toast au bonheur des fiancés et à leur propre amitié. Myriam avala une gorgée et déposa sa flûte. Du bout des doigts, elle toucha sa tempe droite et dit:

«Je souffre parfois de vertiges quand je me lève ou si je marche, et la moindre goutte d'alcool m'affecte terriblement. Je me contenterai de goûter seulement à ce délicieux champagne pour t'accompagner.»

Décontenancée, Denise regardait tour à tour le bouquet, l'hôtesse et sa flûte. Tout s'était animé. Les roses qu'elle avait apportées pour narguer Myriam chuchotaient d'une voix si douce qu'elle seule pouvait entendre:

«Rira bien qui rira le dernier!»

Myriam parlait avec une émotion que Denise ne lui connaissait pas. On eût dit qu'elle voulait se vider de tout ce qui l'avait fait souffrir. Elle raconta sa jeunesse d'enfant gâtée, son mariage malheureux... Denise l'écoutait alors qu'elle aurait voulu fuir. Lorsque ses yeux, échappant au regard de Myriam, se posaient sur sa flûte, le cristal murmurait:

«Bois, bois... Étourdis-toi et tu pourras, sans laisser ton fauteuil, sur les ailes de ce vin, t'envoler jusqu'aux nuages, y déposer la honte qui t'étouffe en ce moment.»

Elle ne résistait pas à la voix que portait chaque goutte de champagne et vidait flûte sur flûte. Sans cesser de parler, Myriam remplissait sa coupe.

«Malgré la bonté de Romuald, mon mariage fut une expérience si pénible que, devenue veuve, j'ai opté pour la solitude plutôt que de courir le risque d'une seconde désillusion», conclut-elle au moment où Denise achevait sa flûte pour la quatrième fois.

Le vin l'avait attendrie.

«Nos vies se ressemblent tellement! dit-elle, à son tour. Moi aussi, j'ai été gâtée. J'étais heureuse jusqu'au jour où j'appris quelque chose qui bouleversa mon existence.»

Elle s'arrêta; des larmes précédèrent le terrible aveu.

Myriam lui tendit son mouchoir.

«Merci.»

Denise s'épongea les yeux.

«Mouche-toi,» insista son amie.

Denise hésita puis renifla délicatement.

«Garde-le.

— Tu es un amour.»

Elle poursuivit:

«J'avais seize ans. Je commençais à sortir. Un soir, je suis arrivée à la maison avec une heure de retard. Je sentais la bière. J'ai répondu à mon père avec une certaine effronterie. Il m'a giflée. C'était la première fois. Le lendemain, me plaignant à ma mère, j'ai crié: «Je déteste mon père!» «Ce n'est pas la peine, a répondu maman avec un vague sourire. Ce n'est pas ton père.»

Le visage de Myriam n'exprimait que de la compassion.

«Après m'avoir emmenée dans ma chambre, elle a fermé la porte pour s'assurer que personne ne nous entendrait, continua Denise. Je lui ai demandé: «Vous m'avez donc adoptée?» J'avais tellement envie de croire que j'étais la fille d'une quelconque princesse déshonorée par une aventure avec son page!... «Non», a répondu ma mère. J'étais abasourdie...

«J'ai alors appris que mon père était un homosexuel. Aucun de ses enfants ne provenait de lui. Il choisissait les amants de ma mère, autrement dit, il passait ma mère à ses supérieurs hiérarchiques. C'est ainsi qu'il a grimpé les échelons de la magistrature.»

185

Denise prit sa flûte mais, avant de la porter à ses lèvres, elle laissa échapper:

«Je me sens un peu étourdie.

— Alors, bois plus lentement. Tantôt nous irons faire notre petite promenade.

— Je ne pourrais jamais marcher dans cet état.

— Je te tiendrai la main.»

Une larme brilla dans les yeux de Denise.

«Ah, j'aurais dû t'avoir pour sœur! s'exclama-t-elle.

— Ne dis pas de sottises. Je suis la mère de l'homme que tu vas épouser.

— C'est vrai. Je divague... Le champagne...»

L'hôtesse vida le reste de la bouteille dans la flûte de son invitée sans pouvoir s'empêcher de penser.

«Son père, une tapette; et maintenant, Georges, mon Georges. On n'échappe pas à son destin!»

Denise reprit:

«Tu comprends maintenant pourquoi je hais tant les homosexuels. Peux-tu imaginer ce que j'ai éprouvé lorsque tu as dit que Georges, un homme si viril, était un fifi comme mon père?

— J'en suis navrée, tellement navrée! D'autant plus que, c'est évident, je me trompais. Allons, oublions tout cela, ma chérie. Le temps passe. Si tu veux être à Saint-François à six heures, il faudra nous préparer pour notre promenade.

— C'est vrai. Je t'ai tellement négligée ces jours-ci!

— Tu as bien fait. L'amour de ton homme passe avant tous les sentiments que tu peux éprouver pour moi.»

Ne sachant quoi répondre, Denise sourit. Elle fit un effort pour se lever, mais retomba sur son séant.

«Je suis étourdie.

— Passe à la salle de bains: un peu d'eau fraîche sur le visage te ramènera.»

Myriam prit les mains de sa copine et l'aida à se mettre debout. Denise balbutia:

«Wô! Les murs bougent!»

En s'efforçant de marcher droit, elle se rendit à la salle de bains.

Lorsqu'elle revint, Myriam épingla une rose sur son chandail. Elle s'était parée de la même façon.

Elles prirent un chemin qu'elles connaissaient bien, la route 169, direction nord. Au bout de dix minutes, elles atteignirent le pont. Elles marchèrent en se frottant presque les épaules sur l'unique trottoir, large de quatre-vingt-dix centimètres et situé à droite, donc le dos à la circulation. Cinq minutes plus tard, Denise se plaignit:

«J'ai les jambes trop molles pour continuer.»

Au retour, les deux femmes faisaient face aux voitures. Certaines les frôlaient presque, passant à cinquante centimètres du trottoir. Denise était placée du côté de la route. Au milieu du pont, Myriam, un doigt pointé vers les nuages, s'écria:

«Regarde!»

Une volée de plusieurs centaines d'outardes. Denise tourna la tête dans leur direction au moment précis où passait un gigantesque camion tirant une remorque chargée de troncs d'arbre. Selon toutes apparences, Myriam trébucha, heurtant violemment l'épaule de Denise qui fut lancée vers la chaussée. Un choc épouvantable! Elle n'eut même pas le temps de crier. Myriam entendit craquer les os. Le camion s'arrêta au bout du pont. Avec sa charge, il pesait cinquante-cinq tonnes.

La survivante de ce combat de femmes pour la possession du même homme contempla les restes de sa rivale. La tête était passée sous les pneus. Il n'en restait plus rien. Les espadrilles étaient sorties des pieds. La rose s'était détachée du chandail à moitié arraché du torse. Les pétales traînaient sur l'asphalte. Rouges, encore toutes veloutées, elles encadraient une mare de chair, d'os brisés, de sang et d'excréments au milieu de laquelle flottait le mouchoir de baptiste que Myriam avait donné à Denise. Une voiture s'arrêta. Alors, la femme victorieuse se mit à pousser des cris d'horreur et de désespoir. Ils furent couverts par ceux des outardes qui cherchaient à se poser sur un champ ensemencé.

13

Les ailes grandes ouvertes, le cou étiré, la tête et les pattes projetées en avant, leur vaste poitrine redressée presque à la verticale, les bernaches atterrirent avec grâce. Elles s'immobilisèrent un instant, l'œil aux aguets, flairant le vent pour s'assurer que rien ne les menaçait. Elles baissèrent ensuite la tête et, se dandinant gauchement, avancèrent à travers le champ au sol fraîchement remué, s'arrêtant ici et là pour picorer les graines semées la veille. Chemin faisant, elles bavardaient entre elles, se disant des mots tendres, répétant les promesses d'un amour éternel et rêvant de rendez-vous galants après le repas. Le printemps s'y prêtait à merveille. La sève en rut recouvrait d'une verdeur juteuse les branches chevelues des bouleaux et des trembles; elle gonflait de cloaques résineux les troncs luisants des sapins et s'exhalait dans l'air doux avec des odeurs troublantes, des parfums d'alcôve. À la jointure des trottoirs, les vers se hâtaient péniblement ou s'arrêtaient pour copuler, cependant que, sur le pont, les curieux s'attroupaient autour des restes de Denise. Ils ne tardaient pas à reprendre la route, un mouchoir sur la bouche, avec quelque chose d'intéressant à raconter en arrivant au travail ou, plus tard, à la maison. Peu d'entre eux remarquaient le chauffeur du gigantesque camion, un petit homme blond, presque diaphane tellement le sang s'était retiré de son visage. Appuyé contre la rampe du pont, les yeux fermés, d'une voix à peine audible, il répétait:

«Ça se peut pas!... Ça se peut pas!»

Il roulait à cinquante kilomètres-heure. Du haut de sa cabine, à trois mètres au-dessus du sol, il avait vu la blonde pousser la brune mais il ne pouvait le croire.

Alors, il essayait de se convaincre qu'il avait rêvé.

La police arriva sans tarder. Elle rétablit la circulation, fit venir les pompiers qui lavèrent la chaussée. On conduisit le chauffeur à l'hôpital. En cours de route, un constable prit une déclaration sommaire. Le pauvre homme, terriblement ébranlé, raconta qu'il était trop haut perché et regardait droit devant lui, de sorte qu'il n'avait rien vu. Il avait seulement entendu un choc et s'était arrêté aussi vite qu'il avait pu.

Tandis qu'il attendait à l'urgence, l'infortuné se disait:

«Si je raconte au psychiatre que j'ai vu la blonde pousser la brune, je ne sortirai pas d'ici. Qu'il me donne quelque chose pour que j'oublie tout ça!»

Il répéta au médecin la déclaration qu'il avait faite à la police. Mais le psychiatre, précisément celui-là qui soignait Myriam, ne le crut pas. Il songeait en l'écoutant:

«Cette façon qu'il a de fermer les yeux, de secouer la tête et de répéter: «J'ai rien vu... J'ai rien vu...» puis de se mordre les lèvres en s'agrippant aux draps autour de lui signifie qu'au contraire il a vu quelque chose d'important, quelque chose de terrible, mais qu'il ne veut pas en parler...»

Sur le pont, Myriam tâchait de voler la vedette à Denise. Elle s'était appuyée contre le garde-fou. Légèrement penchée en arrière, les yeux presque complètement fermés, une main sur le cœur et l'autre sur le front, elle faisait penser à une star qui allait s'évanouir. Elle répétait:

«Mon Dieu! Mon Dieu!»

La voyant dans cet état, deux constables la conduisirent chez elle, après qu'elle eut refusé d'aller à l'hôpital. Ils voulurent la laisser se reposer et remettre l'interrogatoire au lendemain. Mais elle insista pour parler, disant qu'au contraire cela l'aiderait à surmonter le choc. Elle raconta que, peu avant onze heures, elle avait reçu un appel d'une femme que la défunte avait rencontrée plus tôt, Claudette Dubuc. Cette personne, une fleuriste de Roberval connue pour sa spontanéité, lui avait confié que Denise venait d'acheter un gigantesque bouquet de roses à son intention.

«Pour t'avoir rendu visite tant de fois à l'hôpital, lui expliqua Claudette, je sais combien un rien, une joie surtout, te bouleverse.»

Myriam interrompit sa narration pour verser quelques larmes. Les constables observèrent un silence respectueux avant qu'elle reprenne:

«Alors, au risque de faire une gaffe, me dit Claudette, j'ai pris sur moi de gâcher la surprise que Denise veut te faire.»

Claudette lui confia alors que la veille, au fond des bois, dans la forêt qui entoure Saint-François-de-Sales, près de l'adorable chalet que son fils unique avait acheté l'automne dernier, Denise et son garçon s'étaient promis d'unir leurs destinées pour la vie.

«Imaginez ma joie, poursuivit Myriam. Denise, ma meilleure amie et mon fils, un célibataire endurci que je tenais tant à caser... Je me doutais bien qu'ils se plaisaient, mais de là à se marier!...»

Afin de mieux profiter de la visite de Denise, elle avait donné congé à la femme de ménage, lui recommandant de revenir le lendemain. Son amie s'était présentée vers deux heures. Myriam ne l'avait jamais vue si heureuse. Elles s'étaient embrassées tendrement, aussi émues l'une que l'autre. Puis, Denise lui avait proposé:

«Ma chérie! Si l'on fêtait ça! Si on sablait le champagne que j'ai acheté à Roberval en passant devant le magasin de la Société des alcools!»

Bien qu'elle ait trouvé déplacé de boire au début de l'après-midi, Myriam n'avait pas réussi à convaincre son amie de remettre ce projet à plus tard. Denise avait insisté pour vider la bouteille. Myriam s'était fait violence pour boire plus que ne l'autorisait son médecin uniquement pour éviter que sa compagne ne s'enivre. Plus d'une fois, elle avait arraché des mains de Denise sa coupe, pour la contraindre à consommer plus lentement. Son amie semblait porter fort bien son vin. Elle avait voulu faire une promenade.

«Je me sens tellement en forme!» avait-elle insisté, ajoutant:

«J'adore le champagne. Il n'agit pas sur moi comme les autres boissons. Il m'émoustille au lieu de m'abattre.»

Myriam expliqua aux policiers:

«Il faut dire que son bonheur décuplait l'effet euphorisant du Dom Pérignon.»

Malgré toutes les réticences de Myriam, Denise avait insisté pour sortir. Elles avaient pris un chemin qu'elles avaient parcouru ensemble des centaines de fois, la route 169, en direction de Saint-Méthode. Mais, juste après avoir traversé le pont, Myriam s'était plainte:

«J'ai les jambes molles. Rentrons.»

Denise s'était moquée d'elle et avait tenu à continuer, certaine que la griserie de son amie passerait avec l'effort. Mais, voyant que les jambes de Myriam la portaient à peine, elle avait consenti à rebrousser chemin non sans taquiner sa compagne après l'avoir placée du côté du garde-fou:

«Et si tu trébuchais et te faisais heurter par un camion!» avait-elle dit, pour plaisanter.

«Elle adorait la nature» rappela Myriam avant de raconter que, au milieu du pont, l'infortunée que le bonheur survoltait, s'était écriée, en voyant passer une volée d'outardes:

«Regarde!»

Mais elle s'était tournée trop brusquement, avait glissé de la chaussée et heurté un camion qui passait. Myriam, fascinée par le vol des outardes, n'avait pas réagi assez vite pour saisir son amie. Ses mains avaient happé le vide, passant à peine à un pouce de la remorque que tirait le camion.

À cette partie de son récit, la narratrice fondit en

larmes. Elle se frappa le visage avec les poings et se reprocha:

«Je ne me le pardonnerai jamais!»

Les constables, en se retirant, lui proposèrent de communiquer eux-mêmes avec son fils et de le prier de venir lui tenir compagnie dans les plus brefs délais. L'un d'eux lui recommanda, une fois de plus, d'aller voir son médecin. Ils la laissèrent allongée sur le divan, un verre d'eau glacée à la main et une serviette humide sur le front.

À peine franchissaient-ils le pas de la porte qu'elle sautait sur le téléphone et appelait Claudette Dubuc.

«Assieds-toi, lui ordonna-t-elle. Je ne veux pas que tu t'effondres en apprenant la nouvelle.

— La journée des surprises, commenta Claudette en tirant une chaise.

— Ça se peut, convint Myriam. Denise, notre Denise nationale, n'est plus.

— Qu'est-ce que tu dis?

— N'est plus! Un camion l'a écrasée.

— Écrasée?

— TUÉE!

— Pas TUÉE?

— Oui, TUÉE!

— TUÉE... TUÉE... J'peux pas le croire...

— Un accident. La très chère voulait me porter le coup de grâce avec son bouquet. Je lui ai fait boire le champagne qu'elle m'avait offert à Pâques, puis on est allées se promener.

— Tu l'as saoulée?

— Oh! Je ne l'ai pas forcée! Puis, c'était son propre champagne...

— Alors?

— Alors, elle s'est jetée sous un camion.

— Jetée?... Elle s'est jetée ou tu l'as poussée?

— Vas donc voir!

— Un petit coup d'épaule?...

— C'est des choses qui arrivent. Le trottoir de ce pont est tellement étroit!

— On dirait qu'il a été bâti pour que les gens se tuent. Ce n'est pas le premier accident...

— Il faudra le reconstruire. En attendant, si la police t'interroge, tu diras qu'on s'aimait bien, que je te parlais sans cesse d'elle, que tu m'as souvent entendue dire que mon plus grand désir était de la marier à mon fils.

— C'est la moindre des choses. Toutes les fleurs que tu m'achètes...

— Tu n'as rien vu. Je triplerai mes commandes.

— Merci. Et Georges?

— Georges? Ça lui fera quelque chose, c'est sûr. Il s'était entiché d'elle. Mais, une femme, ça se remplace, non?

— C'est ce que mes amants m'ont appris.»

***

En passant devant le magasin de la Société des alcools, juste avant d'arriver chez la fleuriste, le jeune constable dit à son collègue:

«Attends-moi deux minutes. Je vais me chercher une bouteille de rouge. Ça accompagne bien le steak. Ce soir, je reçois une fille pas mal du tout.

— Chanceux! Je descends, moi aussi. Ça me prend du whisky pour oublier ce que j'ai vu sur le pont.»

En repassant devant la caisse, le jeune constable entama une conversation avec l'employé.

«Pas beaucoup de clients aujourd'hui.

— Toujours comme ça le lundi.

— Seul caissier?

— Comme tu vois.

— As-tu vendu une bouteille de Dom Pérignon à une femme ce matin?

— Dom Pérignon! s'exclama le caissier. Ça se vend pas tous les jours.»

Il réfléchit puis raconta:

«La dernière fois que j'ai vendu un Dom Pérignon, c'était juste avant Pâques. Une jolie femme! Je ne suis pas à la veille de l'oublier: bien roulée, avec des cheveux noirs, frisés, grisonnants sur les tempes et une bouche...

— Depuis, t'en as pas vendu d'autres? l'interrompit le constable.

— Puisque je te le dis!

— Surtout pas ce matin? insista le policier.

— Écoute...

— Choque-toi pas, mon homme, je te crois», le rassura l'enquêteur en emportant sa bouteille de chianti.

À peine installé au volant de l'auto-patrouille, il expliqua à son collègue:

«Cette veuve éplorée, la blonde qui se pâmait sur le pont, je ne lui fais pas confiance.

— Pourquoi?

— Elle a dit que la morte avait acheté le Dom Pérignon ce matin, en passant devant le magasin, alors que c'est elle, la blonde, qui l'avait chez elle depuis pas mal de temps. C'est la noire, celle qui est morte, qui la lui avait apportée à Pâques, mais...

— Écoute-moi bien, l'interrompit l'aîné. Je vais t'expliquer quelque chose qu'il ne faudra pas oublier si tu veux continuer à porter l'uniforme que tu as sur le dos. L'Institut de police, à Nicolet, c'est une chose et la réalité, c'est autre chose. Ici, tu ne fais pas la loi. Tu fais ce que le *boss* te dit de faire; lui, il travaille au goût du maire, lequel se démène pour plaire aux électeurs qui, eux, votent d'après ce que racontent ceux qui pensent et décident à leur place, les médias; les médias rapportent ce que les gros bonnets leur ordonnent de raconter. As-tu compris?

— Pas sûr.

— Ça m'a tout l'air que tu ne veux pas comprendre, constata l'aîné. Je vais t'expliquer ça autrement. Au Lac-Saint-Jean, tout est beau, tout est pur; on a une bonne réputation et on n'endure pas que des étrangers viennent la salir.

— Étranger? Moi? s'écria le jeune. Tu oublies que je m'appelle Tremblay et que je suis né à Chicoutimi.

— Tremblay, c'est plus une référence, trancha l'autre. Ça pousse partout. Il y a une semaine à peine, j'arrête un Amérindien pure laine. C'est quoi son nom, d'après toi?

— Pas Tremblay?

— Tremblay, pour sûr!

— J'ai mon voyage!

— Puis, ton Chicoutimi, poursuivit l'aîné, c'est sur une autre planète. Ici, l'étranger, ça commence cent pieds après la clôture de la dernière maison du village. Tu débutes dans la police; tu veux montrer de quoi tu es capable; alors, fais-toi un nom en brassant la cage aux Indiens, aux motards, aux B.S., aux crève-la-faim. Si tu rencontres un nègre, manque-le pas. Mais touche pas à notre élite ou tu vas avoir la grosse gomme sur le dos et, crois-moi, elle est pesante. Pour l'affaire du pont, ça te prend une victime? Le petit chauffeur est tout désigné. Tu pourras toujours dire qu'il allait trop vite, que c'est à cause de ça qu'il n'a rien vu comme il l'a lui-même déclaré, alors que, s'il avait filé à cinquante à l'heure, comme il le prétend, il aurait non seulement noté le faux-pas de la femme, mais il aurait eu le temps de freiner et de l'épargner. Fouille dans son dossier; tu trouveras peut-être quelques billets pour excès de vitesse. Retourne voir la blonde; je suis sûr qu'elle te fournira un témoignage pour faire coffrer ce type.»

Médusé, le jeune écoutait ces conseils. Il commenta:

«C'est comme ça qu'on monte...

— C'est comme ça qu'on tient sa tête hors de l'eau, corrigea son collègue. Ne me prends pas pour un imbécile parce que, parfois, tu me vois agir comme un imbécile. Je ne suis pas un idiot, mais un gars qui connaît la musique et qui sait comment se placer les pieds. Tantôt, quand on va débarquer chez la fleuriste, observe comment elle aura l'air surprise alors que, je te le jure, la blonde l'a appelée quand on a tourné le dos. Elle lui a tout raconté et lui a dicté, mot à mot, ce qu'elle doit répondre. Regarde bien son jeu et donne-lui la réplique comme au théâtre: la vie est une farce, une farce macabre. Pour y réussir, faut être bon acteur!»

Ils entrèrent sans frapper. Claudette leva la tête, surprise. Puis elle sourit et s'avança vers les constables.

«Des fleurs? proposa-t-elle. J'ai reçu si peu de clients aujourd'hui...

— On vient plutôt pour des renseignements, répliqua le plus vieux.

— Ah!... Si je peux vous aider...

— Je l'espère.»

Les policiers eurent droit à un évanouissement quasi complet. L'un avança une chaise; l'autre commanda aux employés une serviette mouillée. L'aîné prit un mouchoir en papier dans une boîte et le tendit à la fleuriste, qui pleura sans effort. Lorsqu'elle revint de ses soi-disant vapeurs, elle leur fit un récit, larmes à l'appui, dont le jeune constable, par la bouche de son collègue, connaissait d'avance chaque mot. À sa sortie de la boutique, il protesta:

«Elle ment. Ça saute aux yeux. Elle en a trop mis. Tout était étudié. Trop parfait pour être vrai.

— Puis? Essaye de prouver que tu as raison. Tu vas juste faire rire de toi!»

***

Les enfants de Denise, deux filles et un garçon dans la vingtaine, ne furent pas indifférents à sa mort. Passée la surprise de la première heure, ils versèrent, pour pleurer son départ, des larmes identiques à celles qu'elle avait utilisées aux obsèques de Gérard. Au salon funéraire, l'assistance, plus curieuse qu'affligée, admira leur chagrin et leur tenue vestimentaire. Le fils et les deux gendres portaient le noir. Les filles s'étaient recouvert le visage d'une voilette sombre, de sorte que pour les embrasser il fallait soulever ce tissu et l'on découvrait alors l'ardeur de leur regard avide. Elles recevaient le baiser sans le rendre comme un hommage à leur douleur et, surtout, pour éviter de ternir l'éclat de leurs lèvres aussi pulpeuses que celles de leur défunte mère.

Denise n'avait pas gaspillé la fortune dont elle avait hérité. Au contraire. Nantis, ses descendants n'hésitaient pas à dire qu'ils perdaient la meilleure des mères. Sans doute étaient-ils sincères puisque, de son vivant, passées les innocentes années de l'enfance, ils n'avaient vu en elle qu'un tiroir-caisse. En se faisant écrabouiller sur le pont, elle leur léguait un magot envié par bien des gens qui, une larme au coin de l'œil, songeaient:

«Ma mère ne m'en laissera pas assez pour l'enterrer. Car elle sera enterrée, ma mère, et non incinérée comme cette frivole qui a été réduite en bouillie par cinquante-cinq tonnes de bois en longueur!»

Myriam envoya une grosse couronne de chrysanthèmes, après avoir longtemps hésité entre ces fleurs et des roses rouges qui auraient si bien crié son triomphe. Tous comprirent que son trop grand chagrin l'empêchait d'assister aux obsèques. On le lui pardonna; on la plaignit même:

«La pauvre! Quel choc! Sa meilleure amie qui allait épouser son fils unique! Ah, mon Dieu!»

***

Dans son verdict, le coroner partagea l'opinion des constables et soutint que, en dépit de la lourde charge, l'accident aurait pu être évité si le chauffeur n'avait pas dépassé 50 km/h. Il rendit hommage à Myriam pour avoir essayé, à la dernière minute, de sauver sa compagne dans un geste héroïque où elle n'avait pas hésité à risquer ses jours pour prolonger ceux de l'infortunée.

14

Lorsque les constables lui apprirent la mort de Denise, Georges refusa d'y croire. Il se rendit sur le pont. Il n'y vit qu'un peu de boue auréolée de sang. Il marcha jusqu'à l'épicerie la plus proche. Elle appartenait à un vieux couple qui le connaissait depuis l'enfance et qui s'amusait à suivre l'histoire de ses amours.

«Un jour, tu vas voir, disait la femme à son mari, on portera sa vie sur le petit écran. Ça fera un excellent roman-savon: on oubliera *Dynastie* et *Dallas*!

— Faudra une couple de meurtres pour que ça poigne! plaisantait le bonhomme. Le gros public aime le sang, pas seulement des histoires de fesses!»

Quand elle le vit entrer, la femme porta les mains à son visage et se mit à pleurer. Georges ne voulut pas comprendre. Il demanda:

«C'est pas vrai?»

Elle répondit d'un hochement de tête. Le notaire sourit. Les épiciers songèrent:

«Il est écarté. Si c'est pas de valeur!»

Le propriétaire l'invita à s'asseoir.

Georges ne bougea pas. Il s'enquit:

«Comment c'est arrivé?»

Même histoire que celle des constables.

Malgré tout, il s'entêtait à ne pas y croire.

Il se rendit chez Myriam. Elle lui tendit les bras avec un air égaré. Il en eut pitié et, une main posée sur son épaule, il lui demanda:

«Tu étais là, maman?»

Elle ravala ses larmes avant de répondre:

«C'était affreux!»

Elle hoqueta puis ajouta:

«C'est arrivé si vite!»

Elle recommença à pleurer. Il la pressa contre lui, la berçant comme un bébé que l'on cherche à calmer avant de l'endormir.

Il ne s'attarda pas au salon funéraire. Aux obsèques, il ne comprenait pas ce qui se passait. Au fond de l'église, l'une à droite, l'autre à gauche, deux femmes ne le quittaient pas des yeux. Elles faisaient partie de la troupe amère de celles qu'il avait agacées puis fuies, au moment de prouver sa virilité. Chacune d'elles songeait:

«On paye toujours pour ce qu'on fait. Regarde ce qui t'arrive pour une fois que tu t'attaches à une femme. Le bon Dieu, au moins, n'a pas oublié mes larmes. Aujourd'hui, tu as tellement mal que tu n'es même pas capable de pleurer. Crève donc à ton tour!»

Le lendemain, il appela monsieur Lemay, le propriétaire de la scierie et, après lui avoir raconté ce qui était arrivé, il lui demanda de s'occuper de Charlot. Lorsque Myriam l'apprit, elle protesta:

«Tu ne comptes pas retourner là-bas?

— Je ne sais pas, répondit-il.

— Il faudra te défaire du chalet et du chien, insista-t-elle. Denise n'est plus, hélas! Vivre à Saint-François sans elle, c'est t'enterrer vivant!»

Puis, pour s'assurer qu'il était rentré dans le droit chemin, que plus jamais une autre femme ne le lui prendrait, elle lui demanda:

«Dutrissac est au courant?

— Oui.

— Et... qu'a-t-il dit?»

Georges soupira.

«Ils vont reprendre, conclut-elle. C'est un bon monsieur, une sorte de père pour lui. Romuald est parti si tôt!»

***

Georges recommença à travailler peu de temps après. Il lui arrivait souvent de sentir, autour de lui, le parfum de la chair de Denise. C'était une odeur légèrement acide, pénétrante que, les yeux fermés, frétillant doucement des narines, il captait jadis sur le dos de la femme, le long de ses bras, sur le pavillon de ses

205

oreilles ou contre sa joue. Souvent, il l'entendait parler ou rire en arrière de lui. Elle l'interrompait, parfois, lorsqu'il était penché sur un document, pour lui adresser de tendres reproches ou le bouleverser avec un gémissement, un soupir de jouissance. La nuit, elle s'étendait à ses côtés. Durant les brefs assoupissements de son sommeil brisé, il sentait contre sa poitrine la tiédeur et le poids de ses seins. Il se moulait à elle tandis que ses doigts fourrageaient dans ses cheveux, caressaient son visage, redessinaient le contour de ses lèvres ou celui de ses mamelons. Il lissait la peau du ventre et tourmentait la toison frisée de l'entrejambe. Son corps surchauffé se lançait dans la trajectoire de son organe inspiré, mais, au lieu de fondre en elle, il ne happait que des ténèbres, un peu de drap, un oreiller vide. Il la cherchait dans l'obscurité, tendait l'oreille vers la salle de bains pour écouter le chant menu de son urine sur la porcelaine du bol. Rien ne lui répondait, sauf le silence, sombre comme celui d'une tombe. Ses larmes coulaient et, tandis qu'il pleurait, il se posait, pour la millième fois, la même question:

«Comment est-ce arrivé?»

Il récapitulait encore et encore: une promenade amicale avec sa mère après avoir sablé le champagne; une volée d'outardes au-dessus de l'Ashuapmuchuan; le cri joyeux d'une femme qui ne se lassait pas d'admirer la nature:

«Myriam! Regarde!»

Un revirement trop brusque, comme si elle avait voulu s'élancer vers les bernaches... Et...

Jamais il ne pourrait accepter qu'elle fût partie

pour toujours, qu'en une seconde, de cette femme que tant d'hommes convoitaient, il ne restât qu'un amas de chairs sanglantes. Il retournait souvent au chalet pour se sentir près d'elle. Il ouvrait la porte à Charlot. La bête partageait sa révolte, son refus d'admettre la mort de Denise. Il suffisait qu'il prononce le nom de l'absente pour que le chien aille chercher une pantoufle de sa maîtresse. Il revenait, les yeux brillants, fouettant l'air de sa queue. Georges enviait le flair du labrador qui, dans le velours des pantoufles, retrouvait l'âme de Denise, parfum discret qui flottait encore dans l'air, glissait à la surface des boiseries, imprégnait les tissus. Il caressait l'objet que l'animal lui avait apporté, le rapprochait de sa joue comme s'il voulait sentir sur sa peau la peau si douce de Denise; il l'embrassait puis, la bête allongée à ses pieds, il restait sans bouger, silencieux. Ils attendaient qu'elle revienne. Parfois, il se rendait à la fenêtre et la cherchait dans l'allée ou le long de la rivière. À quelques reprises, le cœur battant, il la vit passer, puis disparaître avant qu'il n'ouvre les lèvres pour l'appeler.

En route pour Saint-Félicien, il lui arrivait de s'arrêter au Refuge Animal. Au début, c'était juste pour savoir si monsieur Bouchard reprendrait Charlot, lui trouverait un bon maître au moment où il vendrait le chalet. Mais, à mesure que le temps passait, il ne se décidait pas à se départir du labrador, encore moins du chalet. Au contraire, il s'intéressait au springer que Denise avait repéré deux semaines avant sa mort, une bête pitoyable. Elle avait atteint sa taille d'adulte et, comme elle restait efflanquée, elle ressemblait davantage à un lévrier qu'à un épagneul. Sa robe blanche et marron était faite de poils sans éclat. Ses oreilles, aussi rabougries que le reste de son corps, étaient couvertes de franges qui frisaient à peine. Malgré cela, il montrait une énergie terrifiante lorsqu'on le sortait de sa cage. Il bondissait autour des gens, passait entre leurs jambes, essayait de lécher leurs mains, s'élançait vers les buissons, dans les hautes herbes, entre les arbres. Il s'arrêtait ici et là, humait une piste, le moignon de la queue tour à tour raide ou frétillant, toujours expressif malgré des dimensions si modestes. Il avait une quête assez longue, se rendant facilement à cinquante ou soixante mètres de son point de départ pour revenir en vitesse avec l'air de demander:

«Puis, les gars? C'était bien, non? Et c'est pas fini! Je repars! Salut!»

Fin juin, après avoir ouvert la cage du springer, monsieur Bouchard confia à Georges:

«Personne ne veut de ce chien. Il est si maigre! Regardez comme il court, pourtant, toujours en train de chercher quelque chose. Et si affectueux! Derrière les barreaux, il s'ennuie, pense à son ancien maître et se laisse mourir. Avec un peu d'amour et de liberté, il se remettrait à manger pour de bon et reprendrait du poil de la bête. L'idée de le faire endormir me fend le cœur, mais je ne peux pas le garder indéfiniment. Mi-juillet, s'il ne trouve pas preneur, je l'expédie au paradis des chiens.

— Au paradis des chiens? releva Georges. Pensez-vous que les chiens ont une âme?

— La plupart des gens croient qu'ils en ont une, répliqua monsieur Bouchard avec un haussement d'épaule. Si nous nous donnions le temps de comprendre le langage des bêtes, peut-être saurions-nous ce qu'elles pensent de nous. L'homme s'est toujours pris pour le nombril de la planète. Pour moi, il est simplement le plus féroce des fauves, celui qui a inventé la bombe H. Sa prétention de roi de la création me rappelle ces nations qui ont vaincu d'autres peuples; elles écrivent l'histoire à leur avantage et non telle que les faits se sont passés. J'en suis venu, à force de vivre avec les animaux, à préférer leur compagnie à celles de mes semblables.

— Pourtant, vous tuez juste pour le plaisir ces créatures que vous prétendez aimer. N'êtes-vous pas chasseur?»

Monsieur Bouchard, visiblement embarrassé, répondit:

«De moins en moins et dans des conditions sans cesse plus difficiles afin de donner une chance au gibier. Je cours le canard uniquement lorsque la saison est avancée. Il connaît alors la musique et se méfie. Chasser sur le lac Saint-Jean fin-novembre ou mi-décembre, ce n'est pas une sinécure. L'eau bouillonne sous les rafales de vent; elle jaillit sur les vêtements et se transforme aussitôt en plaques de glace. Ça prend du cœur à un chien pour se jeter dans le lac et ramener un canard tué ou blessé.

— Je conçois mal, insista Georges, qu'un homme qui aime tant les animaux les tue pour le plaisir.»

Monsieur Bouchard garda le silence, plongé dans de lointains souvenirs. Il caressa la tête du springer qui était revenu le trouver, le poil mouillé après avoir traversé un ruisseau large d'à peine deux mètres. Le chien repartit aussitôt dans une nouvelle direction. Monsieur Bouchard le suivit des yeux et dit à Georges, sans tourner la tête vers lui, comme s'il avait honte:

«À mesure que le temps passe, la relation entre le chasseur et le gibier se modifie. Au début, on tue strictement pour le plaisir, pour se vanter de son adresse. Un jour, au moment où l'on s'y attend le moins, une scène poignante nous frappe: un oiseau blessé qui se sauve avec une aile cassée, un orignal que l'on suit à la piste et que l'on retrouve dans un fossé, agonisant, éventré. Alors, sans trop s'en rendre compte, on hésite à tirer, on manque plus souvent la cible; on s'invente des règles plus sévères que celles du Ministère.»

Il fit demi-tour. Le springer sur ses talons, il se dirigea vers le chenil.

«La chasse, voyez-vous, reprit-il bientôt, ce n'est pas seulement la tuerie, mais aussi l'attente, l'occasion de se promener dans le bois, contemplant la nature, du lever jusqu'au coucher du soleil, dans un silence interrompu davantage par le chant des oiseaux et celui du vent que par les détonations des armes à feu. On ne peut s'empêcher de méditer, fondu avec tout ce qui nous entoure, de sorte que, inévitablement, vient le moment où l'on se pose des questions, par exemple: «Qu'est-ce que je fous ici, à attendre qu'une perdrix se montre pour la descendre?» Le chasseur prend de l'âge, il s'attendrit; la beauté des animaux, leur élégance, leur intelligence l'impressionnent davantage. Il se met à les étudier, à les admirer. Il découvre que les bêtes peuvent lui apprendre tant de choses! Par exemple, l'art de vivre, celui de survivre, l'amour, l'amour vrai, non la comédie que se jouent tant d'hommes et de femmes. Puis, un beau jour, il n'ose plus chasser. Il range son fusil au fond d'un placard.»

Il se tut, comme s'il craignait que sa voix se mette à trembler.

«Pensez-vous que ce jour est encore loin pour vous? lui demanda Georges.

— Non, répondit-il simplement.

— Que ferez-vous alors de vos chiens?» insista le notaire.

Monsieur Bouchard sourit.

«J'en ferai des chiens de compagnie. Ils le sont déjà passablement. La saison de chasse est si courte!»

Son visage n'exprimait aucun regret, ce qui ne manqua pas de surprendre le notaire.

«Je ferai comme tant d'autres, reprit le chasseur. Au lieu de tirer sur les oiseaux, je les photographierai. Je crois que, parfois, dans la vie, il faut faire volte-face, changer complètement de cap... Il y a mille façons d'exprimer cette idée...

— Repartir à zéro, dit Georges pour montrer qu'il avait bien compris, rompre avec son passé...

— Lorsqu'on n'a pas ce courage, poursuivit monsieur Bouchard, la seule alternative qui reste est de continuer dans une erreur qui n'est plus excusable à partir du moment où l'on s'en rend compte.»

Il ouvrit la porte de la cage. Sans se faire prier, le springer y pénétra, mais, au lieu de s'allonger et de plonger dans une sombre rêverie, il resta debout, son regard allant du notaire au chasseur et vice-versa.

Monsieur Bouchard soupira avant de reprendre:

«La vie est un éternel recommencement. Combien de fois faut-il mourir pour renaître encore et encore?

— Vous croyez que chaque épreuve est une nouvelle mort? lui demanda Georges.

— Vous et moi, tant que nous pouvons en parler, c'est que nous sommes bien vivants et, par conséquent, nous ne savons pas ce qu'est la mort. Nous ne pouvons que l'imaginer. Chacun se laisse aller à ses fantasmes, autrement dit, croit ce qui fait son affaire. Pour ma part, je crois que la peur, la peur du néant, nous porte à voir la mort comme un désastre dont la simple existence nous épouvante. Cette peur est la manne des religions qui, en retour d'une soumission totale au gourou, comble nos illusions en nous promettant ce que nous désirons tant, la vie éternelle. Et pas n'importe quelle vie éternelle, mais une éternité de bonheur. Merci. Moi, je veux, après ma mort, connaître le même sort que ce chien: pourrir, nourrir les vers de terre et les arbres qui pousseront au-dessus de ma tombe. La mort ne me fait pas peur. Au contraire, chaque fois que je l'ai côtoyée, j'ai éprouvé une telle euphorie qu'il m'a fallu beaucoup de courage et de présence d'esprit pour poser les gestes nécessaires afin d'y échapper.»

Le springer respirait avec force pour se faire entendre sans oser aboyer comme certains de ses voisins. La promenade avait été si brève! À peine trois ou quatre courses à travers les buissons et les fleurs sauvages de l'arrière-cour que traversait un ruisseau clair où nageaient des canards domestiques.

«Une telle euphorie!, reprit monsieur Bouchard. Mais on l'oublie vite et on retourne au vieux cliché: mort égale souffrance.»

Georges songeait en l'écoutant:

«Elle n'a pas eu le temps de souffrir: un coup si violent! Elle est morte, le sourire aux lèvres, les yeux fixés vers les outardes qu'elle aimait tant. Elle n'a même pas vu le camion. Elle est morte sans souffrir, mais moi, je me meurs à force de souffrir.»

Il vit briller une larme dans les yeux du springer. Brusquement, il dit à monsieur Bouchard:

«Je vous l'achète. Quel prix?»

Monsieur Bouchard regarda tour à tour Georges et le chien. Les yeux de l'homme et ceux du springer avaient la même expression, celle d'un être au bord du gouffre qui tend la main, dans un ultime espoir, avant l'effondrement fatal.

«Je vous remercie pour cette pauvre bête, lui dit monsieur Bouchard. Vous me donnerez ce que vous voudrez.

— Cent dollars?

— D'accord.

— Gardez-le-moi en pension, demanda Georges en tirant cinq billets de vingt dollars de son portefeuille. Je passerai le voir chaque jour.

— Et comment comptez-vous l'appeler?»

Georges regarda la bête efflanquée aux yeux inquiets et répondit:

«Loup!»

15

Après la mort de sa rivale, Myriam se rapprocha d'un homme que, dans son for intérieur, elle appelait «la-maudite-tapette-couverte-de-bijoux». En effet, lorsque avait sonné la cinquantaine, Dutrissac avait recouru à des artifices pour contrer les effets de l'âge. Il affectait un parler plus grave dont il atténuait la sévérité par des roucoulements et des grasseyements destinés à accroître l'émoi de sa victime. Il s'exprimait davantage avec les mains, les agitant en tous sens, tantôt à l'endroit, tantôt à l'envers, jonglant avec les mots comme s'il les offrait du bout des doigts. Trop fier pour s'acheter un postiche, il se couvrait plutôt de bijoux. Une épaisse chaîne en or avec une médaille de Saint-Christophe ceintura son cou. Ses poignets s'étaient ornés de bracelets. Des bagues, chaque jour plus nombreuses, chevauchèrent ses doigts. Enfin, il avait accroché un pendentif en or massif au lobe de son oreille gauche.

Malgré tout, il avait dû acheter l'amour aux jeunes prostitués qu'il racolait sur les trottoirs de Montréal ou de Québec. Le désespoir le gagnait au point que après un mois de vacances dans une station estivale du Sud, il s'était mis à réfléchir aux vertus de la chirurgie: sur la plage du luxueux hôtel où il séjournait, un établissement virtuellement réservé aux homosexuels, il avait vu tant de verts galants se promener avec des visages refaits qu'il n'avait pu s'empêcher de les imiter. Il s'en était pris d'abord à ses paupières. Il songeait à se composer un regard de fauve, remplacer les chairs flasques par une fente oblique, asiatique. Mais il craignait de compromettre son champ visuel déjà hypothéqué par une myopie des plus sévères. Après mûre réflexion, il s'était fait tailler les paupières de manière à se créer un regard rond, brillant, étonné, un regard de poupée. Afin de donner une certaine crédibilité à son personnage, il s'était inventé un tic: au milieu d'une conversation, il baissait les paupières, s'arrêtait sur une phrase inachevée et basculait légèrement la tête par en arrière comme s'il allait perdre connaissance. Puis, il reprenait ses esprits, les yeux grand ouverts, soulageant ainsi l'angoisse qu'il avait lui-même provoquée.

À peine avait-il rajeuni son regard que l'aspect de son menton l'avait révolté; on n'y discernait, pourtant, qu'une ride transversale mais, à force de scruter, il avait fini par le voir tel qu'il serait dans vingt-cinq ou trente ans, rugueux et crénelé comme une patate ratatinée. Les plis qui commençaient à creuser leur chemin sur sa gorge l'effrayèrent. Il s'était juré de trouver le moyen de redonner à ses joues la douceur lisse des vingt ans. Mais, malgré tous ses efforts et ses projets, il n'avait pu déraciner l'angoisse de vieillir.

Lorsque Myriam lui annonça la mort de Denise, il gémit: «Mon Dieu!» Au bout de la ligne, la mère de Georges lui dit sèchement:

«Je ne vous ai pas appelé pour que vous vous attendrissiez sur le sort d'une femme qui nous a tant fait souffrir, mais pour que vous m'aidiez à récupérer mon fils, à empêcher qu'il renouvelle avec une autre aventurière un écart de conduite qui nous a causé tant de peine.»

Denise l'avait entretenue des appels désespérés d'une Anglaise. Connaissant la manie de Dutrissac de lâcher ici et là une expression anglaise au cours d'une conversation, elle n'avait pas douté un instant qu'il s'agissait de lui.

«La vie est pleine de surprises, songea le professeur. Cependant, il y a des choses qu'on ne saurait imaginer. Myriam m'implore pour que je prenne soin de Georges! Quand je pense à son sourire lorsqu'elle me recevait! Elle tenait tellement à me faire sentir que mon escorte n'était qu'une façade. Elle me méprise parce que je suis homosexuel, mais aujourd'hui elle me supplie d'éloigner son rejeton des femmes et de l'amener dans mon lit. De ma vie, je n'aurai rien vu de plus invraisemblable... à moins que...»

Dutrissac caressait un désir inavouable. L'embarras de Myriam lui permit d'espérer l'impossible. Il évita de la plaindre pour ne pas lui laisser croire que sa collaboration allait de soi. Au contraire, il l'obligea, par son silence, à insister; puis, il l'entretint de sa propre souffrance:

«J'aimais Georges comme un fils. Moi aussi, j'ai rêvé d'une famille, mais le destin en a décidé autrement; ou peut-être ai-je été trop difficile en voulant pour compagne une femme élégante, cultivée, d'une conduite irréprochable...

— En avez-vous cherché?

— Trop timidement.

— Mais elle existe.

— Certes.

— Vous la connaissez?

— Bien sûr.

— Pourquoi ne l'avez-vous pas approchée?

— Quelle femme voudrait de moi tel que je suis vraiment?»

Myriam se demanda si Dutrissac faisait allusion au travers que, tout comme Georges, il cachait en se donnant des allures de tombeur. Comme le silence du professeur persistait, elle reprit:

«Tel que vous êtes vraiment? Je ne vois pas ce que vous entendez par là.

— Je vous en prie, Myriam, trancha-t-il avec rudesse. Mais il bredouilla aussitôt: pardon... Madame...

— Appelez-moi Myriam, le pria-t-elle avec douceur.

— Merci infiniment... Arrêtons ce jeu si nous voulons nous entendre. Vous savez très bien à quoi je fais allusion; sinon, pourquoi me demanderiez-vous de prendre soin de Georges, de l'éloigner des femmes?»

Elle répliqua:

«Je n'osais croire que vous parliez de ce penchant que vous cachiez tant jusqu'à présent...

— Ce n'est pas un choix individuel, mais une malédiction du Destin. En des temps meilleurs, dans des sociétés plus charitables, l'homosexuel ne souffrait pas de sa condition. Aujourd'hui, il se perçoit avec les yeux de son entourage: un malade, un pervers, alors qu'au fond de lui-même il éprouve tant d'amour pour la femme!...»

Sa voix changea brusquement. Avec un mélange de mépris et de haine, il s'en prit à lui-même et à ses semblables.

«Quelle que soit l'attitude de la société à son égard, l'homosexuel ne peut se considérer que comme un déchet. Il est né et a été élevé dans un foyer hétérosexuel. Pour lui, la norme ne peut être que l'hétérosexualité.

— Que c'est triste!» le plaignit Myriam, agacée par ces épanchements.

Dutrissac poursuivit d'un ton à faire croire qu'il était au bord des larmes:

«Pour se consoler, il rêve qu'un jour une femme belle et respectable acceptera son amour, un amour pur.»

***

Myriam hésita avant de prendre l'énorme boîte que lui tendit Dutrissac lorsqu'il vint la voir à Saint-Félicien, huit jours après cette conversation. À travers l'emballage rouge et or, elle devina le contenu. Elle fit l'étonnée puis, avec une moue de fillette gourmande, elle le remercia, ôta précipitamment le ruban, mit de côté la petite enveloppe qui accompagnait le présent et ouvrit la boîte. Elle prit un chocolat rond, énorme, fourré de crème et chapeauté de coulées brunes épaisses. Elle se lécha les lèvres avant de les écarter et d'y enfoncer la friandise. Elle ferma les yeux, pressa le bonbon entre sa langue et son palais. Sa respiration s'arrêta, puis sa poitrine se gonfla et un soupir extatique s'échappa de sa bouche où fondait l'onctueuse gourmandise. Elle regarda Dutrissac et lui tendit la boîte. Il choisit le plus petit. Elle murmura:

«Quel délice!»

Elle avala et s'excusa:

«J'aurais dû vous en offrir avant de me jeter sur ces petites merveilles. Le chocolat me fait perdre la tête. Pardon...

— D'avoir perdu la tête? Rien n'aurait pu me plaire davantage.»

Elle gémit:

«Hum...»

De la main gauche, elle tenait la boîte ouverte sur ses cuisses. Avec la droite, elle s'empara de l'enveloppe blanche qu'elle avait déposée sur une petite table. Comme si elle hésitait à l'ouvrir, elle la colla sur sa poitrine, contre le dôme parfumé de ses seins. Elle portait une robe échancrée, d'un rose doux et soyeux, assez ajustée. Elle fixa Dutrissac un instant, déglutit ce qu'il restait du chocolat et simula une émotion si forte qu'une larme perla sur le rebord de ses grands yeux bleus, éclat qui s'ajouta à celui du lustre suspendu au-dessus de leur tête.

«Coquin! murmura-t-elle. Vous savez si bien briser le cœur des femmes! Je me demande si je dois l'ouvrir...»

Il sourit, certain qu'elle ne résisterait pas à la tentation qui luisait dans ses yeux.

«J'ai peur, insista-t-elle.

— De quoi?

— Je ne sais pas... De tout... De vous... Votre gentillesse... ces choses que vous m'avez dites l'autre jour... l'état dans lequel vous me voyez. Puis, ce qu'il y a dans cette petite enveloppe. Je ne suis qu'une pauvre veuve... une femme seule... si seule!...

— Comme moi.

— Je suis fragile même si toute la ville me traite de hautaine, parfois même de sans-cœur.

— Doutez-vous de ma délicatesse?

— Bourreau! Méchant homme!»

Il protesta en portant une main sur son cœur. Elle lut, battit follement des paupières.

«Comment osez-vous? lui reprocha-t-elle.

— Est-ce une faute d'être sincère? demanda Dutrissac. Ou bien encore, de souffrir et d'oser espérer?

— Mais les émotions? questionna Myriam.

— Je puis vous aimer avec mon cœur, un cœur vierge, je vous le jure. Et tant mieux si les contraintes de la chair nous sont épargnées...

— Vous croyez au mariage de raison?

— Il suffit de regarder autour de nous pour nous

rendre compte que la passion est le plus mortel ennemi d'une union saine et durable. Et, puisque depuis le décès de votre époux vous êtes restée seule, je suis certain que vous n'appartenez pas à cette catégorie de femmes, si communes, hélas! qui ne peuvent se passer des étreintes d'un mâle.

— Pour moi, ç'a été un devoir, non un plaisir.

— Une corvée qui vous sera épargnée en acceptant de partager ma vie.

— Et vous?

— Moi?... Mes besoins? Ma vie... cachée?...

— Comme vous dites...

— Devrais-je m'en passer?

— Le pourriez-vous?»

Il baissa les yeux et poussa un soupir.

«Je comprends, concéda la veuve. Mais vous serez discret.

— Je l'ai toujours été.

— Soit, mais vous me jurez que vous empêcherez Georges de recommencer ses bêtises?

— Sur mon âme! Je vous le jure sur mon âme! Cependant, il m'est insupportable de penser que vous pourriez vous sacrifier pour si peu. L'aventure de votre fils avec cette femme ne fut qu'un vain effort pour échapper à son destin. Cela ne venait pas vraiment de lui et ma connaissance de la nature humaine, si j'ose me permettre une telle prétention, me porte à croire qu'il ne recommencera plus. J'aurais souhaité que vous voyiez dans ma proposition une offre qui vous convient personnellement plutôt qu'une simple alliance pour...»

Elle regarda le pendentif accroché à l'oreille gauche du professeur, ses cheveux clairsemés affreusement noircis, ses paupières de poupée et songea:

«Ridicule! Tapette ridicule!»

Elle sourit, baissa les yeux et dit avec la voix contrainte d'une pucelle:

«Vous me forcez à des aveux que je réservais pour plus tard. Depuis mon veuvage, je vis en recluse mais je me permets de rêver. Et mon rêve, c'est vous, un amour pur, platonique, un amour sans obligation charnelle, fait de délicatesse et de prévenance. En serez-vous capable?»

Dutrissac frissonna, mais il se contrôla aussitôt, de sorte que Myriam, excellente observatrice, pourtant, ne remarqua pas son angoisse. Une telle déclaration sonnait si faux qu'instinctivement il jeta un regard autour de lui comme s'il cherchait un piège caché quelque part. Ensuite, il baissa la tête, donnant l'impression qu'il essayait de maîtriser son émotion, cependant qu'il songeait:

«Elle est tout de même des plus nanties... Sait-on jamais, pourtant? Il y en a qui sont insatiables. Ce serait prématuré d'en parler aujourd'hui, mais, le moment venu, je lui dirai que si j'insiste tant pour la séparation des biens, c'est par pur désintéressement. Cela devrait la convaincre qu'il n'est pas dans mes intentions, sitôt marié, de mettre les voiles avec les quelques sous que lui a laissés le père de Georges, alors qu'en réalité je me protège au cas où elle voudrait faire main basse sur la moitié de ce que j'ai gagné en trente ans et plus de labeur.»

Intriguée par le silence du professeur, elle dit:

«Vous ne me répondez toujours pas?»

Il lui prit la main droite.

«Les mots peuvent-ils décrire les transports de l'âme? lui demanda-t-il. Regardez-moi, Myriam, et lisez dans mes yeux ce que mon cœur ressent, ce qu'il a ressenti lorsque vous m'avez confié votre rêve et que, trop ému, je ne pouvais parler de crainte de ne m'exprimer qu'avec des larmes de bonheur!»

Il baissa la tête et posa son front sur un genou de Myriam. Elle songea à lui caresser la tête comme on flatte une bête gentille et soumise, mais elle préféra utiliser ses mains pour supporter la boîte de Laura Secord en précaire équilibre sur ses cuisses.

«Faudrait pas que cet idiot renverse mes chocolats sur le tapis», se dit-elle.

16

Georges lisait au salon lorsque, peu avant minuit, Dutrissac arriva au chalet de Saint-Fulgence. Par-dessus la tête du jeune homme, il jeta un coup d'œil sur le livre:

«Quand te lasseras-tu de ressasser *L'Idiot*?» demanda-t-il, irrité. Il ne supportait pas que son protégé s'attache à qui que ce soit, même à Dostoïevski que, pourtant, il lui avait fait découvrir au début de leur liaison.

Georges l'ignora.

«Je t'ai demandé quelque chose. Réponds!, insista Dutrissac.

— Combien de fois je l'ai lu? Je l'ignore... Certainement pas moins de six, fit Georges sans lever les yeux.

— Six fois! s'écria Dutrissac. Une obsession! Et, qu'est-ce que tu lui trouves donc qui...

— C'est dur à expliquer, l'interrompit Georges. Des scènes invraisemblables mais qui, à l'instant où on les lit, nous bouleversent, tant elles paraissent réelles; des personnages tellement remplis de contradictions qu'ils nous semblent presque fous: une femme légère que consume son idéalisme, aussi avide que détachée; un assassin qui disserte sur la morale au cours d'une veillée funèbre qu'il partage avec son rival; deux hommes qui devraient se haïr et qui, pourtant, seuls avec le cadavre de celle que l'un d'eux vient de tuer, se parlent comme deux frères; un idiot si sage et d'une telle grandeur d'âme...

— Un lunatique! trancha Dutrissac. Un lunatique comme toi!

— Je ne vois pas le rapport...

— Non? Et ta passion pour la lune?

— Je comprends encore moins où tu veux en venir. Tu rentres à peine, et déjà tu commences à me harceler. Ce n'est pas de ma faute si ta soirée a été moche!

— Là, tu te trompes, mon garçon, corrigea Dutrissac en arrachant vivement le roman des mains de son protégé. À propos, où penses-tu que j'ai passé la soirée? demanda-t-il en déposant le livre sur le linteau.

— Voilà des lunes que je ne me soucie pas de savoir où tu vas, lui rappela Georges.

— Mais, en ce moment, c'est moi qui te demande de me le demander.

— Laisse-moi tranquille, veux-tu?

— Je reviens de Saint-Félicien», révéla le professeur d'un ton railleur.

Georges le regarda, intrigué.

«De Saint-Félicien, reprit Dutrissac. J'ai passé la soirée avec Myriam.»

Georges plissa le front: Dutrissac n'appelait jamais la veuve autrement que «ta mère».

«Oui, mon cher, une couple d'heures avec cette

chère personne. Rassure-toi, on n'a pas parlé de toi... Ou si peu!

— Ah, non? De quoi avez-vous donc parlé?

— Tiens, ça commence à l'intéresser, railla Dutrissac... Peut-on avoir un cognac d'abord?»

Georges se leva, apporta une bouteille et deux ballons; il servit. Dutrissac huma les vapeurs parfumées, ferma les yeux, bascula légèrement la tête et sourit, visiblement extasié. Il gémit voluptueusement: «Hum!» rouvrit les paupières, tourna lentement son ballon, regardant le cognac qui, comme une larme interminable, s'étalait à l'intérieur de la paroi. Avec le recueillement d'un prêtre qui porte le calice à ses lèvres, il prit une lampée.

«Ça me réchauffe jusqu'au fond de l'âme, murmura-t-il d'une voix de gorge. Il est vrai que, même sans cognac, j'ai le cœur qui frétille.»

Georges but sans cesser de regarder Dutrissac.

«Cette chère Myriam! Devine! demanda le professeur.

— Quoi?

— Devine ce qui s'est passé ce soir!

— Vas-tu me ficher la paix, à la fin?

— Ta mère et moi, on s'est fiancés!»

Georges sourit.

«Tu es tombé sur la tête, proféra-t-il, méprisant.

— Ne me parle pas sur ce ton, le menaça Dutrissac.

— Arrête de dire des conneries et n'insulte pas ma mère, riposta Georges.

— Je n'insulte pas ta mère. Je dis la vérité. Appelle-la pour voir.

— Pour ta farce de mauvais goût? Penses-tu que si ma mère voulait se remarier elle ne l'aurait pas fait depuis des lunes?

— Toi et ta sacrée lune! vociféra Dutrissac.

— Et que ferait-elle avec un gars comme toi?

— Une tapette, tu veux dire?

— C'est ça, une tapette.

— Ne m'appelle pas tapette ou tu vas avoir ma main sur la gueule!

— Je ne fais que réutiliser ta propre expression. Puis, ta main sur ma gueule, comme tu dis, c'est passé de mode. Si tu ne me crois pas, essaye.

— Et depuis quand c'est passé de mode?» demanda Dutrissac.

Cette question surprit Georges.

«Depuis quand? répéta-t-il. Depuis que je suis devenu un homme nouveau.

— Un homme nouveau?

— Oui, un homme nouveau, répéta Georges, ou, si tu préfères, depuis que je suis né pour de bon...

— C'est quoi, ces conneries-là?»

Georges se leva. Outre ses sous-vêtements, il portait une robe de chambre bleue en velours et des pantoufles rembourrées. Il se dirigea vers la baie vitrée, sourit au croissant de lune qui brillait là-haut, dans un ciel inondé d'étoiles, et, sans cesser de le regarder, il parla:

«Avant de connaître Denise, je ne savais pas ce qu'était l'amour.

— Encore cette femme! ragea le professeur.

— Je ne savais pas qui j'étais ni ce que je faisais. Je ne me croyais pas digne d'être aimé, je présume. Ma mère, ta soi-disant «fiancée», m'a-t-elle aimé? J'en doute... La pauvre est tellement centrée sur elle-même qu'elle n'a guère d'amour à donner à qui que ce soit. Mes sœurs et moi, nous avons été des pions qu'elle déplaçait selon ses caprices; au mieux, des chiens bien dressés, ses réussites qu'elle montrait à tout venant: «Mon fils, notaire. Je l'ai élevé toute seule. Il avait douze ans quand son père est mort.» Combien de fois l'ai-je entendue, celle-là?

— Tu n'es qu'un ingrat», trancha Dutrissac.

Georges regarda la lune avec plus de force, implorant d'elle le courage de poursuivre sans crainte et sans colère.

«Même discours au sujet de sa fille médecin et de

l'autre, la secrétaire légale, avec une nuance de mépris cependant: «Elle aurait pu faire mieux, comme Georges et sa sœur. Mais elle n'aimait pas l'étude... Enfin, ça aurait pu être pire...»

— La pauvre femme s'est sacrifiée pour vous autres; elle n'a vécu que pour vous et...

— Oh, celle-là! Je la connais aussi, vois-tu! Sacrifiée pour nous autres! Allons donc! Elle avait réussi à se défaire de mon père et n'avait guère envie de s'encombrer d'un autre homme...

— Jusqu'à ce soir, précisa Dutrissac.

— Arrête ta farce plate, je te le répète. J'ai dit un «homme»; tu n'es pas un homme, Jean...

— Simplement une tapette, je le sais; une tapette qui convient à Myriam précisément parce qu'elle ne veut pas d'homme dans son lit.»

Georges sourit et confia à la lune:

«Il délire.

— C'est toi qui vas t'apercevoir que tu es tombé sur la tête quand tu auras parlé à ta mère...»

Irrité par le calme de Georges, il lui ordonna:

«Viens t'asseoir ici, en face de moi. Je n'aime pas parler à un dos, mais à un visage.

— Quand on dit des conneries, il faut se contenter de parler non à un dos mais à un cul!

— Si tu ne t'assois pas aussitôt, ton cul, je vais lui parler avec mon pied!

— J'aimerais voir ça... Tu as la mémoire courte, il est vrai que tu vieillis...»

Dutrissac regarda le tapis, un ouvrage stylisé rapporté d'un voyage en Turquie. L'hiver précédent, il s'y était écroulé, assommé par Georges. Il n'était guère tenté de recommencer l'expérience. Il se résigna à s'adresser au dos de son protégé:

«Ta mère est lasse de vivre seule, Georges... Peut-être as-tu raison de dire que je ne suis pas un «homme», si, pour toi, un «homme», c'est une bête qui monte une femme et, précisément, ta mère n'a pas envie d'être montée. Alors, moi, je fais son affaire et nous nous sommes fiancés ce soir.»

Georges se retourna, cherchant à lire sur le visage de Dutrissac.

«Peut-être es-tu pour quelque chose dans cette décision. Elle sait que j'ai de l'influence sur toi. Elle veut que je l'utilise pour te ramener à la raison.

— Ah, oui? Ai-je perdu la boule? Et serais-tu devenu psychiatre, par hasard?

— Les gens qui perdent la raison sont les derniers à s'en apercevoir... La lune existe à Saint-Fulgence, n'est-ce pas?»

Il s'approcha de la fenêtre et se plaça à côté de Georges.

«Est-elle moins belle qu'à Saint-François-de-Sales?»

Georges ne répondit pas.

«Tu peux trimbaler tes chiens quand tu viens ici... Deux, c'est trop... un... retourne l'autre au Refuge Animal.

— Qu'est-ce que tu dis? demanda Georges.

— Que tu dois enterrer les morts. Denise est morte. Ça n'a aucun sens, laisser deux chiens enfermés dans un parc, les faire nourrir par le voisin et passer les voir de temps en temps pour faire une promenade nocturne avec eux, puis aller dormir à Saint-Félicien. Tu vis dans le passé, dans un monde qui n'existe plus...

— Plutôt que de me défaire d'un de mes chiens, c'est toi que je laisserai.

— Tu n'es pas raisonnable, mon pauvre petit!...»

Soudain, il se rendit compte que Jean travaillait vraiment pour sa mère... Plus d'une fois, Dutrissac s'en était pris à ses chiens et à son chalet, mais jamais sur un ton aussi mielleux.

«Et si son histoire de fiançailles était vraie?» songea Georges.

Il demanda au professeur:

«Tu as vu ma mère ce soir?

— Appelle-la et tu sauras.

— Tu mens!

— Il y a un moyen de savoir si je dis la vérité, fit Dutrissac en regardant le combiné.

— Il est trop tard.

— Alors, appelle demain.»

Il y avait une telle ironie au fond des yeux myopes du professeur que soudain Georges eut peur.

«Non, pas demain; à l'instant, dit-il en se dirigeant vers le téléphone.

— Es-tu fou? Tu vas la réveiller! Non!» cria Dutrissac.

Georges prit le combiné; Dutrissac le saisit par un bras. Georges le repoussa violemment. Le professeur buta contre un fauteuil et s'écroula sur le tapis. Le ballon en cristal éclata au pied du foyer avec un rire aigu et prolongé qui remplit le chalet au moment même où Georges composait le numéro de Myriam. Elle décrocha à la troisième sonnerie.

«Allô, fit-elle, étonnée.

— Ma, c'est moi. Tu dormais?

— Non, je lisais. Ça ne va pas?

— Pourquoi ne dormais-tu pas?

— Tiens! Je n'avais pas sommeil. Qu'est-ce qui t'arrive?

— Jean dit des conneries... Je veux savoir. L'as-tu vu ce soir?

— Pourquoi?

— L'as-tu vu ce soir? répéta Georges en maîtrisant mal sa colère.

— Oui, répondit Myriam d'un ton hésitant.

— Tu l'as vu ce soir? répéta le jeune homme, espérant avoir mal entendu.

— Qu'y a-t-il de si extraordinaire?

— Rien. De quoi avez-vous parlé?

— Pourquoi?...»

Elle sentit son fils suffoquer, deux cents kilomètres plus loin.

«De quoi?... De tout... De toi...

— De moi?... Puis... puis, il dit que... vous vous êtes fiancés...

— Fiancés?

— Oui, fiancés... Qu'y a-t-il de vrai là-dedans?»

Elle ne répondit pas.

«C'est vrai? demanda Georges d'une voix rauque, à mi-chemin entre un sanglot et un hurlement.

— Vrai?... Ce n'est ni vrai ni tout à fait faux», admit Myriam.

Georges jeta un regard furieux sur le professeur. Dutrissac s'était relevé. Assis sur un fauteuil, il suivait attentivement la conversation.

«Alors, il ne mentait pas, cet enfant de chienne? fit Georges.

— Pourquoi l'insultes-tu?

— Ah! Tu prends sa défense à présent! Ton fiancé! Une tapette!...

— Tais-toi... Ne prononce jamais ce mot devant moi; d'ailleurs...

— J'en suis une aussi... C'est ça que tu veux dire?

— Tu le dis toi-même, alors...

— Maudite!»

Les paupières de Myriam battirent follement. Elle retint ses larmes et, d'une voix tremblante, elle dit:

«Tu me maudis maintenant... Comme cette femme t'a changé!...

— C'est à cause d'elle que tu as fait ça?

— Il faut l'oublier, Georges...

— Et à présent, tu te jettes dans les bras de ce salopard, tu te prostitues...

— Je ferai tout pour toi, mon fils.

— Oh, oui! Le sacrifice! Encore et encore! Oh! Comme je te hais de tant te sacrifier pour moi!

— Georges, je n'ai vécu que pour toi!

— Et moi, j'ai vécu en me sentant coupable même de respirer sans te demander la permission de crainte que cela te déplaise. À cause de toi, ma vie, ma belle vie de notaire n'a été qu'un calvaire! Oh, comme je te hais! Je te hais et je l'aime!

— Elle est morte.

— Jamais! Elle vit en moi! Elle vivra toujours en moi!

— Elle ne t'a jamais aimé.

— Tu es folle, maman, folle de jalousie, de mesquinerie.

— Georges, mon petit, elle ne t'a jamais aimé.

— Tais-toi!

— Elle ne t'a jamais aimé. Elle a cru à ton cinéma, ta comédie de tombeur. Elle t'a pris pour un «homme», un vrai, je veux dire, un homme à femmes, un homme expérimenté et elle a voulu t'essayer, profiter de toi ou plutôt de ta...»

Elle n'acheva pas...

Georges transpirait. Le combiné tremblait dans sa main.

«Elle ne t'aimait pas, reprit Myriam, la gorge sèche... Elle t'aurait peut-être épousé pour t'enlever à
moi, puis elle t'aurait abandonné pour d'autres...

— Folle!

— C'est vrai!

— Comment le sais-tu?

— Je le sais... Je suis femme... Je lis entre les lignes...
Pas comme vous autres...

— Ah, oui?

— Elle n'était pas meilleure que moi. Non... Elle
était pire, Georges... Pire... C'était rien qu'une...

— Et tu l'as tuée!...»

Soudain, la vérité lui sautait aux yeux.

«Elle est tombée devant le camion, dit Myriam,
d'une voix blanche.

— Tu l'as poussée.»

Elle ne répondit pas.

«Tu l'as poussée, n'est-ce pas? insista Georges.

— Elle était mauvaise pour toi...

— Tu l'as poussée, dis?

— Oui!»

Les genoux de Georges se mirent à trembler; il éprouva une horrible envie de vomir comme si tout son corps se révoltait. Il se recroquevilla; ses jambes cédèrent; il tomba à genoux; le combiné roula près de lui. Plié en fœtus, il cherchait à cacher sa tête dans son ventre, montant les genoux jusqu'au front. Il éclata en sanglots. Myriam l'écoutait.

«Georges... Georges, mon petit!» suppliait-elle.

Seuls les sanglots de l'homme répondaient.

Lentement, Georges cessa de pleurer.

Dutrissac n'avait pas bougé.

«Elle l'a tuée, songeait-il... Je le savais... Tout le monde le sait... Va le prouver!... Qui a besoin d'un assassin au Lac-Saint-Jean?... Denise est morte accidentellement. C'est mieux comme ça... Elle avait trop bu... Trop fêté ses fiançailles... Pauvre Georges!... Né tapette, il restera tapette toute sa vie. Il a voulu échapper à son destin, traverser dans l'autre camp, celui des bons. Au mieux, il aurait dû se prendre une couverture, une Myriam, comme moi. Quand acceptera-t-il son sort? J'en connais tant qui se sont suicidés parce qu'ils n'étaient pas capables de se résigner à n'être que des tapettes!»

Il flatta son pendentif et sourit.

Georges se mit debout en chancelant. Sans regarder Jean, il tituba jusqu'à sa chambre, s'habilla.

«Georges!... le supplia Dutrissac.

— Ne me touche pas! Ne me touche pas, ordure, ou je te tue!»

Épouvanté par la haine qu'il vit dans les yeux de son protégé, Jean recula, les mains devant le visage.

17

Mené par des réflexes qu'une habitude vieille de plus de dix ans avait ancrés en lui, Georges sortit l'auto de l'allée. Il ne se sentait pas bouger; tout se passait comme s'il se trouvait encore au salon, en face du foyer et que, son livre ouvert devant lui, il rêvassait en regardant les flammes espiègles qui, du fond de l'âtre, lui lançaient des rafales de rires. Bien qu'on ne fût qu'à la fin d'août, la nuit était fraîche. Écrasé sur le siège, en arrière du volant, il voyait à peine la masse sombre et déchiquetée des maisons de Chicoutimi puis de Jonquière courir des deux côtés de la voiture. La plaine bordant la route, près de Saint-Bruno, vint à lui sans qu'il sût comment. En entrant à Métabetchouan, à sa gauche, une enseigne lumineuse accrochée à la façade d'un bar-rencontre, «Le Flirt», affichait une brunette qui, un doigt ganté devant les lèvres, lançait sans cesse des clins d'œil aux passants. Georges lui sourit. Aussitôt, il sentit quelque chose, comme un galop furieux, monter le long de son corps, depuis ses jambes jusqu'à sa bouche. Ses lèvres se mirent à trembler. Elles s'écartèrent, poussées par un mot puissant:

«Denise!»

Cet appel fut étouffé par le chuchotement tenace de Myriam:

«Elle ne t'aimait pas... Elle ne t'aimait pas, mon petit. Elle voulait juste t'essayer ou plutôt, essayer ta... »

«Et si c'était vrai?... Si elle disait la vérité?» se demanda-t-il.

Les yeux, les lèvres, le sourire de Denise passèrent devant lui. Sa voix retentit de nouveau à ses oreilles; il l'entendit gémir, presque évanouie, la tête renversée en arrière. Il sentit ses bras l'étreindre puis céder dans l'ivresse du plaisir accompli. Il conclut:

«Jamais je n'ai été aussi heureux. Qu'importe ce qu'elle éprouvait réellement, les intentions qu'elle nourrissait en secret? Comment pourrais-je les connaître maintenant qu'elle est morte? Elle disait qu'elle m'aimait; je la croyais et j'étais heureux. C'est la seule chose qui compte vraiment.»

La route grimpait vers le belvédère de Chambord. Elle traversait en serpentant une colline de granit. À droite, elle surplombait le lac Saint-Jean. À gauche, elle longeait une muraille de pierre haute d'au moins dix mètres.

«Ce serait trop facile», se dit-il.

Ses mains interdirent à la voiture d'emboutir le roc.

«Où vais-je? se demanda-t-il. Sûrement pas à Saint-Félicien, chez ma mère. Dormir au chalet sans Denise? Je l'entendrai rire; j'entendrai couler l'eau dans la toilette; j'entendrai ses chaussons glisser sur le linoléum. Je la verrai peut-être et, quand je lui tendrai les bras, je ne happerai que le vide. Je le sais: c'est arrivé tant de fois!»

Il fonça en direction de Saint-François-de-Sales. La route s'élevait sans cesse, toute droite, comme si elle voulait grimper jusqu'aux étoiles; ensuite, elle plongeait dans un vallon puis sautait sur le dos d'une autre colline. Après, elle dévalait une pente. Elle longeait alors, d'un côté, un champ et de l'autre, un bosquet où les conifères prédominaient sur les feuillus. D'ordinaire, Georges éprouvait un indicible plaisir, une plénitude impossible à décrire lorsqu'il parcourait ce chemin. Il s'amusait à croire que tout ce qu'il voyait lui appartenait. Il parlait à toutes les choses, persuadé que, non seulement elles le comprenaient, mais qu'elles lui répondaient dans un langage fait de couleurs, d'ombres et de lumières, de températures changeantes et, parfois, du murmure du vent. Mais cette nuit, il se sentait tellement anéanti qu'il ne savait plus comment causer avec les étoiles, ni avec la lune. Il les regardait, en silence, n'osant s'avouer qu'il craignait qu'elles lui tournent le dos. Il conduisait, rapide, silencieux, angoissé, peu attentif à la route, tant il fixait le ciel. Mais, à mesure qu'il avançait, comme ni la lune ni les étoiles ne fuyaient, qu'elles ne se cachaient pas en arrière d'un nuage, il commença à espérer. Parvenu au sommet du village, juste en face de l'église, il prit le chemin qui menait au chalet. À trois kilomètres du tournant, le petit lac Canard sommeillait dans son bas-fond marécageux, avec un reflet de lune sur sa face ovale. Georges soupira, soulagé, persuadé enfin que ses vrais amis ne l'abandonnaient pas.

Il parcourut lentement l'allée menant au chalet. Au fond, dans le petit enclos réservé aux chiens, Loup l'attendait debout, faisant danser son moignon de queue, le museau enfoncé entre les mailles de la grille. Ses oreilles s'étaient allongées et le poil y frisait davantage. Même s'il était moins maigre que lorsque Georges l'avait acquis, il restait encore de la place pour quelques kilos de chair sur ses flancs creux et ses fesses rabougries.

Charlot était devenu plus raisonnable, ce qu'il devait sans doute au passage du temps, mais aussi aux épreuves qu'il avait connues. Il avait pris à cœur de remplacer Denise. Il surveillait son maître avec anxiété, car il craignait que, incapable de supporter tant de peine, Georges ne se tue. Il resta tout d'abord allongé au fond de sa niche, puis il sortit lentement, s'étira en ondulant langoureusement son corps vigoureux, de sorte que son poitrail se colla au plancher tandis que son derrière s'élevait au bout de ses membres postérieurs. Il émit un bâillement sonore qui s'acheva sur une plainte aiguë et brève. Ensuite, il se redressa sur ses pattes et fixa la voiture.

«Bonsoir, Messieurs. Comment avez-vous passé la journée?» leur demanda Georges en s'approchant du parc.

Haletant, Loup essayait tantôt de lécher les doigts que l'homme tendait à travers la grille, tantôt de sauter par-dessus celle-ci pour le rejoindre de l'autre côté.

Charlot s'approcha de son maître en prenant garde, toutefois, de bousculer l'autre chien. Il frétillait de la queue et passait sa langue sur les doigts de Georges.

«Il est trois heures et vingt, leur expliqua le notaire. Trop tard pour se promener.»

Loup protesta en gémissant.

«Je ne vous ai pas vus depuis deux jours, reprit l'homme. Est-ce que Dominique vous a sortis? Sûrement pas. Il prend à peine le temps de vous nourrir.»

Loup bondit de toutes ses forces puis retomba sur le plancher du parc.

«O.K., concéda le maître. Puisque vous êtes bien éveillés et que je n'ai pas envie de dormir, on ira faire un tour; juste le temps de me changer et j'arrive.»

Il disparut. Les deux bêtes restèrent debout, silencieuses, les yeux braqués sur la chambre où une ampoule s'était allumée. Les espadrilles de Denise reposaient dans le placard, juste à côté de celles de Georges. Il les prit, les examina puis les remit à leur place. Une fois habillé, il jeta un regard aux quatre coins de la pièce, comme s'il espérait que Denise se montre. Un aboiement aigu le ramena à la réalité.

«Loup, dit-il. Toujours impatient.»

Il se rendit au parc. Le springer arpentait nerveusement le plancher de l'enclos. Le notaire ouvrit la porte. Les chiens sortirent aussitôt. Charlot sauta autour de Georges, la bouche ouverte, sans le toucher. Loup se frotta contre le pantalon épais et doux, molletonné, que le notaire portait pour ses exercices. Puis, les deux bêtes choisirent un arbre, levèrent la patte et l'arrosèrent. Charlot courut un peu pour se dégourdir; ensuite, il se mit à marcher à côté de son maître. Le springer disparut dans les halliers. Georges l'attendit un peu puis cria:

«Loup!»

L'épagneul ne se montra pas avant deux minutes.

«Allons, fais comme Charlot, le sermonna Georges, reste à côté de moi. Ne t'éloigne plus.»

Loup s'approcha lentement, tête basse, l'air piteux, le corps tordu comme s'il voulait se protéger les fesses d'une tape.

«Je ne crois pas du tout à tes remords, fit son maître. Tu joues les repentis, mais, dès que je cesserai de te regarder, tu recommenceras.»

Les trois marchèrent en silence, Charlot près du genou gauche du notaire; Loup, à côté du labrador. Trois minutes ne s'étaient pas écoulées que, de nouveau, l'épagneul disparut. On l'entendit patauger dans un fossé planté d'aulnes, puis ce fut le silence.

«Il va battre la campagne, tourmenter quelques bécasses; ensuite, il reviendra», confia Georges à Charlot.

Parmi les quenouilles, sur le bord des marécages, les grenouilles s'accouplaient. Leur chant nuptial s'élevait en crescendo. Il cessait brusquement et reprenait au moment où l'on s'y attendait le moins. Au coude de la rivière, un canard cria. Sa voix grandit. Georges l'entendit passer au-dessus de lui; il lâcha des appels de plus en plus faibles et se perdit dans les ténèbres.

«La nuit est tellement pleine de vie!» se dit le notaire.

Le brouillard dansait au-dessus de l'eau. De temps en temps, une colonne vaporeuse se détachait, valsait deux temps et s'évanouissait.

«Une mariée avec sa robe à traîne, songea Georges... On devait s'épouser», se rappela-t-il.

Ses yeux se remplirent de larmes. Il baissa la tête, se serra les tempes avec les mains, comme s'il cherchait à extirper de son cerveau des pensées trop pénibles. Puis, dans cette position incongrue, tourmenté par ses souvenirs, il se mit à courir. Pendant quelques foulées, il avança à petits pas. Comme sa souffrance ne se calmait pas, il leva davantage les genoux sans cesser de gémir. Inquiet, Charlot haletait près de lui. Georges accéléra. À mesure qu'il prenait de la vitesse, il desserrait ses tempes. Rendu au pied d'une colline escarpée, il laissa ses bras tomber le long de son corps. Il accéléra encore. Il voyait à peine les étoiles. Du revers d'une manche, il essuya ses larmes. Au milieu de la colline, le souffle commença à lui manquer. Il s'arrêta un instant, se remplit les poumons d'air, plaça ses mains devant sa bouche et hurla:

«Denise!»

Il crut que sa voix portait jusqu'au ciel. Il entendit les étoiles répéter:

«Denise!»

Il sourit et reprit sa course. Il parvint au sommet de la colline et courut de toutes ses forces. Charlot passa du trot au galop. Loup se montra; tête basse, il se dirigea vers Georges, mais son maître ne le remarqua pas. L'épagneul se redressa. Ne craignant plus une punition, il emboîta le pas; ses pieds touchaient à peine le sol. Épuisé par l'effort et le chagrin, Georges perdit le sens du réel. Le ciel descendit vers lui. Il se sentait d'une légèreté de plume et planait au-dessus du sol. À bout de force, suffoquant et courant encore, il se mit à rire. Il avançait par bonds, comme une bête. Hors de lui, il lança la main droite vers le ciel. Avec un cri de triomphe, il agrippa le croissant de lune et hoqueta:

«Enfin! Enfin, j'ai décroché la lune!»

Il bondit encore plus vite, le croissant à la main. Ses

pieds le portaient d'une étoile à l'autre et son rire dément résonnait à travers la voûte céleste.

18

Hors d'haleine, Georges s'écroula. Incapable de supporter la douleur qui lui traversait les côtes, il perdit connaissance sans toutefois desserrer le poing, de crainte de lâcher son croissant de lune.

Loup s'était fatigué à courir après les lièvres et les bécasses alors que son maître et Charlot marchaient sans hâte. L'effort du dernier moment l'épuisa. Il s'arrêta en même temps que Georges, la langue spumeuse, râlant, les flancs plus creux que jamais. Il trébucha pour s'approcher de son maître et, à son tour, il s'effondra sur son postérieur, les pattes de devant étirées, soutenant à peine sa tête. Par saccades, l'air pénétrait avec un sifflement aigu et prolongé dans ses bronches spastiques. Puis il cessait de respirer cependant que ses yeux exorbités par l'effort et la souffrance se demandaient si c'était la fin.

Charlot, la langue pendante, se hâtait entre Georges et Loup, léchant la tête de l'un puis celle de l'autre; il s'arrêtait un instant pour voir s'il les ranimait. N'en pouvant plus, il se rendit à un ruisseau qui zigzaguait entre les aulnes. Il but quelques gorgées et recommença son manège. Un peu réconforté, Loup se remit debout, les pattes tremblantes. Il réussit à se traîner jusqu'à l'eau et but à son tour. Il leva la tête après quelques lampées pour regarder son maître et Charlot, puis recommença à s'abreuver.

La panse pleine, il s'allongea contre Georges afin de le réchauffer. À mesure qu'il récupérait, il léchait le visage de l'homme qui, d'abord silencieux, commençait à respirer par secousses forcées, puis de plus en plus régulièrement.

L'horizon blanchissait. La rosée se déposait aux alentours. La robe noire de Charlot luisait dans la lumière pâle du petit matin. Le labrador gémit, inquiet. Le springer le regarda avec l'air de dire:

«Qu'est-ce qu'on peut faire de plus?»

Quelques étoiles se retirèrent.

La main droite de Georges, celle qui avait décroché la lune, bougea un peu. Même inconscient, il avait conservé assez de force pour ne pas desserrer le poing. Il gémit, ouvrit les yeux puis leva la tête.

«Ah! fit-il, en repoussant Loup. Voyons!»

Ses compagnons s'écartèrent un peu.

Georges regarda autour de lui puis vers le ciel. Le croissant avait repris sa place, là-haut, parmi les quelques étoiles qui brillaient encore. Il y avait quelque chose d'ironique et de compatissant dans sa face concave:

«Tiens! Le p'tit gars qui croyait m'avoir attrapé! Ha! Ha! Ha! Ha!»

Georges s'aperçut alors que son poing était vide.

«Pourtant, tout à l'heure, commença-t-il. J'étais sûr...»

Il frissonna et s'assit péniblement. Il avait mal partout, surtout aux jambes, aux fesses, aux hanches. Il se mit debout en chancelant et reprit le chemin du chalet. Loup en avait plein les pattes: il se contenta de marcher à côté de son maître, tête basse, langue pendante, respirant encore avec force.

Le notaire passa sous la douche, puis il se coucha au moment où le soleil se levait.

Lorsqu'il se réveilla, peu avant midi, le chalet lui parut désespérément vide. Sans bouger, allongé sur le dos, les pieds joints, les bras le long du corps, du regard, il fit le tour de la pièce. Sa chambre était à peine plus grande qu'une tombe. Pourtant, à cause du silence et du ciel qui pénétrait par la baie vitrée, elle semblait s'étendre jusqu'à l'infini. Le téléphone; un objet en plastique noir avec un cadran, semblable à une gigantesque coquerelle issue des temps préhistoriques; son seul lien avec le reste de la planète. Sonnerait-il? Qui pourrait l'appeler? Il avait rompu avec Jean et avec sa mère. Il lui restait ses sœurs. Existaient-elles vraiment? Non. Elles étaient reliées à Myriam comme des branches au tronc d'un arbre auquel il se rattachait lui-même. Il ne pourrait les appeler sans leur raconter ce qui s'était passé quelques heures plus tôt. Sa mère se prostituait. Elle couvrirait l'homosexualité de Jean afin que celui-ci empêche son fils de se lier à une autre femme...

«Qui pourrait remplacer Denise?... se demanda Georges. Un accident... Et si je faisais comme tant d'autres? Si je cessais de me battre contre mon destin?... Peut-être pourrais-je aimer un homme comme j'ai aimé cette femme? Peut-être trouverais-je une autre Denise?... Mais je mourrai plutôt que de revivre une relation maître-esclave avec Jean ou avec qui que ce soit. Je me tuerai plutôt que de reprendre cette existence de chien en rut errant d'un sauna à un bar gai. Plus jamais! J'attendrai. Le temps m'offrira peut-être une sortie décente.»

Au dehors, sous un ciel sans nuage, le thermomètre marquait vingt-huit degrés.

«Une belle journée pour un barbecue, se dit Georges. Un barbecue, seul?»

Il se vit, Denise à ses côtés, en train de tourner sur le gril des côtelettes parfumées d'épices et de graisse croustillante.

Il secoua la tête pour chasser cette image. Il vit alors Dutrissac tenant Myriam par la main.

«Jean ne lâchera pas ma mère, songea-t-il. Il utilisera le chantage. Il ne lui dira pas: «Épouse-moi ou je te livre à la police.» Ce n'est pas son genre. De sa voix mielleuse, il lui chantera: «Pensez-y bien, Myriam. Vous aurez besoin de mes épaules pour supporter le poids de votre pénible secret.» Maman comprendra. Elle l'épousera pour éviter le risque d'une dénonciation. Ce sera son châtiment, d'autant plus que si elle se donne à lui pour acheter son silence, elle craindra que moi, je parle. Qui me croirait? Comment pourrais-je prouver qu'elle m'a fait cet aveu si elle le nie? Je laisserai à sa conscience le soin de la punir. Elle souffrira tellement qu'elle souhaitera que quelqu'un la dénonce; à moins qu'un jour, pour se soulager, elle ne se livre elle-même à la police.»

Un bref aboiement. L'appel se répéta.

«Loup, songea Georges. Que se passe-t-il?»

Il se leva, fit glisser la fenêtre coulissante. Le springer le vit et aboya de plus belle. Agacé, Georges dont l'esprit était occupé à trop de choses en même temps, lâcha un cri qui surprit le chien autant que le maître:

«IKOUMOU!»

Loup se tut immédiatement.

«Tiens! Il a compris!» conclut Georges. Il sourit puis songea:

«J'inventerai un langage uniquement pour nous trois. Ainsi, nous vivrons en paix dans notre petit univers en compagnie des arbres, de la rivière, des étoiles et de la lune. Personne pour nous mordre.»

Il ferma la fenêtre, avec l'espoir de jours meilleurs.